GOBOOKS
& SITAK
GROUP©

GOBOOKS & SITAK GROUP©

三日月書版

三日月書版

輕世代
FW185
Residence of Monsters
妖怪公館の新房客
來襲！Horror lover！
7
NOVEL 藍旗左衽　ILLUST 謖
三日月書版

妖怪公館的新房客

《人物設定》

封平瀾

人類，曦舫國際學園高一新生。
極度樂觀，少根筋，經常搞不清楚狀況。
必須打工賺取學費生活費，使得個性上也有窮酸摳門的一面。
身兼多職導致易疲累，因此非常討厭休息時被打擾，有嚴重的起床氣。
有著手賤的毛病，熱愛肢體接觸。

百嘹

妖魔（魔蜂）。
長相俊美，心機深沉，總是帶著玩世不恭的笑容，因此極受女性歡迎。
輕佻的說話方式，讓人無法分辨其話語中是謊言還是真心。重度嗜吃甜食。
偽裝身分：學生

奎薩爾

妖魔（羽翼蛇），公館內眾妖之首。
孤高冷厲，長相英俊但萬年臭臉。對自己在妖魔界的主子雪勘皇子非常忠心。
討厭人類，但在封平瀾身上看見和自己主子相似之處，
所以不自覺對封平瀾產生微妙的好感，然後又因此感到生氣懊惱。
偽裝身分：校醫

墨里斯

妖魔（黑豹）。
火暴衝動，豪邁不羈。
個性好惡分明，喜怒形於色的硬漢。
喜歡鍛練身體，動作粗暴，常會弄壞東西。
私底下非常喜歡小動物。

希茉

妖魔（妖鳥）。
個性內向畏縮，瀏海蓋過半張臉，害怕與異性接觸。
私底下非常喜歡看重口味的少女漫畫和言情小說。

冬犽

妖魔（雪貂）。
溫柔木訥的好男人，被觸及地雷會變得非常恐怖。
喜歡做家事，有點潔癖，料理苦手。
缺點是愛亂花錢，對於家電和清潔用品毫無招架之力。
偽裝身分：學生

璁瓏

妖魔（龍）。
神經質小心眼又愛記恨的傲嬌一枚，
記憶非常好，腦中有人界和妖界的所有知識。
有搜集汽車火車模形的嗜好，但不管坐任何陸上交通工具都會暈車。
偽裝身分：學生

曇華

妖魔（花妖）。
個性謙卑拘謹，溫柔和善。
封印被海棠解開，從此忠心侍奉海棠。

海棠

人類，曦舫國際學園高一新生。
高傲的小少爺。
個性火爆易怒，好挑釁爭鬥，有時又容易鑽牛角尖、陷入彆扭之中。

伊格爾

人類，曦舫國際學園高一新生。
個性老實，木訥寡言，為人重義氣。
與契妖伊凡一同入學，因為極為相似的外貌，
一般被人誤以為是孿生兄弟。

伊凡

妖魔（？？？）。
個性狡黠任性，愛熱鬧，非常孩子氣。
自行選擇伊格爾訂立契約，並化為與伊格爾極為相近的外貌。
偽裝身分：學生

妖怪公館的新房客

目錄

Chapter1

愛情總像便意突如其來地降臨

冬季早晨充斥冰冷的空氣，吸入的每口氣都彷彿凍結，寒氣在鼻腔內上演著冰雪奇緣，築起灰綠色的宮殿。

市郊邊境的半山腰上，雪白的洋樓裡，一如以往。在六點五十分左右，公館裡的房客們陸續到達餐廳，享用冬犽準備好的早餐。雖說是冬犽準備的，但他其實也只是擺盤而已。

「喂。」璁瓏抱著盆栽，質問似地走向正在啃吐司的封平瀾，重重地把花盆放到他面前。

「啊？什麼？」

封平瀾愣了愣，望向面前的盆栽。那盆栽是他聖誕節送給璁瓏的香草，原本盎然翠綠的香草花，此時葉片萎靡低垂，帶著病態的黃褐色。「咦？怎麼變這樣？」

「這是我要問你的。」璁瓏皺眉，興師問罪，「只有我的植物變這樣，你是故意用這方式表達對我的不滿嗎？」

「你想太多了！」

「會不會是天氣太冷的緣故？草本植物本身就比較不耐寒。」冬犽猜測。

「可是瑟諾老師說他幫我施了獨門的肥料，這些盆哉的生命力和花期都比一般植物強，就算放在室外幾天沒澆水也沒問題的說。」封平瀾抓了抓頭，放下吐司，仔細地觀察了面前的盆栽。

忽地，他發現盆栽飄來一股怪異的酸臭味，「嗯?怎麼味道怪怪的……」低頭一看，植物的部分葉片仍帶著濕意，但葉上的水珠竟是白色的。

「耶?」封平瀾用手指抹了抹葉片，「這是什麼?」

「牛奶啊。」璁瓏理所當然地回答，「我餵它喝牛奶。誰知道它沒有長高，只有長螞蟻。」

「你倒牛奶進去?!」封平瀾低下頭，發現擱在盤裡的吐司已被螞蟻進攻，「啊!我的吐司!」

他趕緊把吐司推到一旁，但已有數十隻螞蟻登陸盤上。蟻群快速地擴散到桌面，墨里斯的全麥餅乾和百嘹的糖水、方糖都受到波及。

「你在搞什麼!」

墨里斯一面痛斥，一面想把餅乾上的螞蟻彈開，但強健的指力一彈，整疊餅乾瞬間被打爆成碎渣，「該死的!」

百嘹挑了挑眉，將椅子往後退了些，笑著袖手旁觀，任由那些螞蟻進占他的食物。反正，搶著餵食他的人多的是，不缺這點。

希茉果斷地拿起馬克杯，將裡頭的酒液一飲而盡，但因灌得太猛而嗆到，咳嗽不止。

一陣厲風把桌面上的螞蟻颳掃而起，捲向放在廚房的巨大豬籠草裡。

盆栽裡的螞蟻繼續向外爬行，但是爬到花盆邊緣便止步，無法離開花盆之中。

仔細一看，一層淺水藍色的風壁，籠罩著花盆。

冬犽將吐司推回封平瀾面前，「沒事了。請慢用。」

「噢，謝了！冬犽。」

封平瀾看向吐司，雖然螞蟻已被吹走，但是潔白的吐司上插著些許的螞蟻斷肢殘骸，看起來十分顯眼，「哈哈，這樣好像在吃亂葬崗耶，我可以換一片嗎？」

「璁瓏……咳咳……」希茉邊咳邊小聲地嘀咕，「這杯是二〇〇九年波爾多酒莊的紅酒……我本來想慢慢喝的……」

「我的餅乾也毀了！」墨里斯怒聲指責。

「那是你自己打碎的……你可以用鼻子吸碎餅乾呀，聽說有些人類會用這種方式吸食粉狀物。」璁瓏撇了撇嘴，「只是幾隻小蟲子而已，大驚小怪什麼……」

「只是幾隻小蟲子而已？」冬犽輕聲反問。接著，他緩緩走向璁瓏，雙手搭上璁瓏的肩，「璁瓏。」

「怎樣？」

璁瓏看不見背後的冬犽，但是他發現坐在自己面前的希茉和墨里斯表情突然變得很惶恐不安，好像看到鬼似的。

百嘹笑著搖了搖頭，用唇語一字一字吐出結論：你・死・定・了。

溫柔的細語聲從璁瓏背後響起，「屋子被蟻群寄生的話，很難根除的，你不知道嗎？」

「呃！」

璁瓏感覺到一陣寒意從背後傳來，身邊的溫度驟然下降，腳邊颳起了冰冷的風，一陣一陣地刺刮著他的肌膚。

「這幾天牛奶消耗得很快，我以為是你肚子餓喝掉的。」溫柔的嗓音繼續說著，「沒想到你是拿去和花兒分享了，真的非常慷慨呢。原來璁瓏不喝買一送一的廉價鮮奶，指定要喝價差三倍的進口貨，不是為了自己，而是為了你的小花呀？」

「抱、抱歉，冬犽我——」

「我還在說話唷。」

璁瓏立即噤聲。

「發出垃圾臭味的東西，不能放到餐桌上，你不知道嗎？」

璁瓏低下了頭。

封平瀾看著冬犽，冬犽的表情和平常一樣溫柔親切，但是散發出的氣場卻有如刑場，肅殺而令人窒息。

這是他第二次看見冬犽生氣。雖然目前沒有暴風出現，不像上次那麼壯烈，但也一樣讓人心驚膽顫。坐在璁瓏身旁的他，有如光著屁股坐在砂紙上，坐立難安卻又不敢妄動。

「這是平瀾送你的禮物，所以我不能把它當作垃圾處理。」冬犽輕柔地嘆了口氣，接著立刻揚起笑容，「但是我可以處理你喔，璁瓏。」

「對不起！我錯了！我、我會把它解決掉的！」璁瓏趕緊開口求饒，他想起身向冬犽鞠躬致歉，不，就算要他下跪也可以！但是冬犽搭在他肩上的雙手，卻穩穩地壓制著他，讓他無法動彈。

「你要把它扔了？」聲調揚起，透露出不可置信，「別人費心準備送給你的禮物，你胡搞一通之後打算隨意丟棄？」

「冬犽，那個——」封平瀾本想開口緩頰，但被墨里斯打斷。

「噓！」墨里斯怒瞪，意示他安靜，以免節外生枝。

封平瀾收回話，轉頭望向璁瓏，對方的臉已化為鐵青。

啊啊……璁瓏同學，自求多福吧……

下樓的腳步聲傳來，接著，臭著臉的海棠和曇華一前一後地出現。

「早安，各位。」曇華優雅地問安。

「早安。」冬犽禮貌地回應。「你們今天起得頗早的呢。」

以往海棠睡到大家快要出發才起床，到了學校再買早餐吃。天氣冷的話，甚至會豪邁地直接睡過頭，早自習快結束時才到校。

「少爺昨天八點就睡了。」曇華微笑著幫海棠拉開椅子，「其實他一個半小時前就起來，只是又賴了一會兒的床。」

「曇華，不必多嘴！」

原本肅殺的氣氛，因著突然加入的兩人，稍微緩和。

海棠坐在封平瀾旁邊的位置，一坐定便皺起眉。

「什麼味道，好臭！」海棠嫌惡地看向臭味的源頭，瞪大了眼，震驚站起，「這是你們的早餐？」

「怎麼可能啊！」封平瀾笑著解釋，「那是璁瓏的盆栽啦。」

海棠鬆了口氣，看了冬犽一眼，「我以為，那是他的料理……」

看來學園祭的暗黑火鍋在海棠心中留下了不小的陰影。

「它的精神看起來不太好呢……」曇華伸出手，停留在枯萎的植物前方，一道淺紅色的光霧從食指流泄而出，盤繞上那株萎黃的植物。疲垂枯縮的葉片瞬間回復了不少生氣，挺直而起。

「哇喔！」

「我分了點力量給它。我對人界的花草不熟，要根治的話，還是得交給專業的園丁處理。」

璁瓏趕緊開口，「我會帶去學校請瑟諾幫忙！」然後小心翼翼地轉頭偷瞄冬犽。

冬犽看了看恢復生命力的花，然後望向璁瓏，沉默了一秒，揚起微笑。「那樣很好。」

雖然都是微笑，但是緊繃的高壓氣氛在瞬間消解。

警報解除。

墨里斯、希茉和封平瀾都鬆了口氣，只有百嘹略微惋惜地苦笑了聲，似乎意猶未盡。

「不懂的東西就不要插手，省得自曝其短還拖累他人。」墨里斯趁機數落璁瓏，「多學學希茉，像她平常就在研究那些花草植物，所以正好可以應用在照顧她的盆栽上。」

眾人困惑。「希茉研究園藝？為什麼你會這樣認為？」

就連希茉本人也一臉茫然不解。

「因為她看的書裡經常有什麼撥弄花叢、挺入花蕊、吸吮蜜汁的場景嘛。對了，說到這個，」墨里斯邊說邊從腳邊的背袋裡拿出一本書，「這是歌蜜託我還給妳的。妳什麼時候和她變那麼熟？」

封平瀾一眼就被書封上的十八限標示給抓住目光。正在喝熱茶的海棠猛地嗆到，曇華立刻取餐巾紙幫他擦拭。

「那、那個不是……」

「我稍微看了一下，雖然看不太懂，但覺得挺有意思的。」墨里斯一邊翻書一邊開口，「我不太懂主角是人還是貓？為什麼那個男人在打她臀部時要叫她壞貓咪？如果他打的是貓，那他就是個該死的混帳！」

希茉慌亂地起身，搶走墨里斯手上的書，然後匆匆逃離現場。

早晨的小騷動，就此告一段落。

要出門前，封平瀾回到房間拿了條圍巾，當他經過奎薩爾的房間時，停下腳步。

他遲疑了兩秒，接著轉開門把，往裡頭探了一探。

果然，如他所預想的。裡頭空無一人。

不曉得奎薩爾收到禮物了嗎？

不曉得他喜不喜歡……

學園祭結束後，接著要面對的便是期末考。

假日結束後第一天，很明顯可以看出日校生和影校生的差異。

日校生休了整整十天假，每個人看起來都神彩飛揚；影校生剛經歷完學園祭的摧殘，此時才有機會喘口氣，疲勞之態仍未消退。

「早安呀理睿！」

「噢，早啊！」正在趕作業的白理睿抬起頭，看向封平瀾一行人，若有所思地凝視著對方，不發一語。

「怎麼了嗎，理睿？」

「沒什麼，只是突然對你感到好奇。」

他想起玖蛸和他說的那些話，知道奎薩爾他們是妖魔，而封平瀾是和他們立約的召喚師。

若是真如玖蛸所言，封平瀾能夠駕馭那麼強大的妖魔，並且讓他們放棄三皇子，轉而效忠自己，那麼封平瀾必定是個非常厲害並且可敬的強者。

「討厭啦理睿！」封平瀾雙手捧頰，發出悶騷的嬌吟，「才幾天不見，你就對我做出這種愛的宣言，真不敢想像要是放完暑假你會對我做什麼？哈哈哈哈哈！」

白理睿翻了翻白眼，「你想太多了。」

他怎麼看，都不覺得封平瀾會是玖蛸描述的那個強者。他壓下心裡的疑惑，回復成平常的態度，笑著望向希茉。

「幾日不見，希茉妹妹看起來比之前更加嬌豔動人了！」他將頭靠近，深深地吸了口氣，「啊，多麼撫人心脾的香氣，彷彿布拉格的春季在我面前降臨。」

「那是柔軟精的味道，我身上也有，但我不想讓你吸。讓開，你擋到我的位置了。」璁瓏斥喝。

「你講話一定要那麼惹人厭嗎！」白理睿回頭，看見璁瓏捧著盆栽，皺起眉，「你帶盆栽來幹什麼？啊，難道說你打算營造出園藝系男子兼具清爽、華麗以及可靠的暖男形象？好樣的，明明是萌系的外表竟然敢跨領域挑戰這個路線，真是個可敬的對手！」

「吵死了，我聽不懂你在說什麼。」

白理睿瞥了盆裡的植物一眼，「這是香草吧。」他捏起了鼻子，「你的花有點臭，你是親自施放有機肥嗎？」

「干你什麼事？你才是有機肥！」

「理睿也喜歡花呀？」封平瀾訝異，同時坐入位置中，「你懂好多喔！真厲害！」他把書本和筆袋放入抽屜中，手伸入抽屜時，碰到了一個陌生的觸感。

嗯？什麼東西？

他好奇地伸手取出。

那是一封信。信封是渲染漸層效果的藍，看起來像是雨點打落的湖面，相當素雅古典。信封正中央，渾圓可愛的字跡寫著「封平瀾 收」，背面以一張愛心形狀的貼紙封黏封口。

誰寫給他的呀？

他拆開信，拿出裡頭的信箋，一陣淡淡的白麝香飄入鼻中。

「女孩子喜歡的東西我都有所涉獵，並試著理解和喜歡，」白理睿略微自滿地輕咳了聲，「這樣才能成為稱職又貼心的男友。」

「是嗎？可是女孩子都喜歡百嘹耶。」

百嘹聞言，笑著回首望向白理睿，「所以你也喜歡我嗎？」

「並沒有！」白理睿嚴正否認，「總之，關於植物的名稱、花期和花語我都知道！我是個惜花愛花的人，這代表我也會像憐愛花朵一樣珍惜所有的女性。」

「所以你也喜歡貫穿幽窄的花徑，舔舐甘美的蜜汁？」墨里斯插嘴。「你會調教不乖的壞貓咪嗎?順帶一提，你的答案會決定你接下來一整天是在教室或是在保健室度過。」

「你在說什麼鬼!」

「嗨，平瀾，你的作業借我參考一下。」

伊凡笑著走過來，直接把白理睿推到一旁。

「慢著，我排在前面。」白理睿往前移，擠回原本的位置。

伊凡瞥了白理睿一眼，「你有十天假期不好好寫作業，太混了吧。」

「你還不是沒寫!」

「我有正經事要忙呀。」伊凡雙手環胸，不以為然地搖了搖頭，「哪像你，十天的假期都窩在床上腦內交媾中度過吧。去去去，去外面洗洗手再過來。」

「你才去洗洗嘴再回來!沒禮貌的臭傢伙!」白理睿怒聲反駁，「況且論交情，是我和封平瀾比較熟，我們可是同居過好幾天呢!要借作業也是我排第一!對吧!平瀾?」

白理睿得意地看著伊凡，等著封平瀾吐出有利自己的答案。但是幾秒過去，沒得到任何回應。

「好堅定的友情啊。」伊凡諷笑，「謝謝囉，平瀾!告訴這位白同學，我們之間的革命情感，可是比同居兩、三天的膚淺關係來得深厚多了，對吧？」

一樣，拋出的話語沒有得到任何回應。

「封平瀾？」

眾人回過頭，只見封平瀾瞪大眼，整張臉漲紅，彷彿被狠甩了十幾個巴掌。

察覺到異樣，眾人趕緊向前。

「你還好嗎？」

「怎麼回事？」

封平瀾僵硬地轉過頭，面對同伴。「有……有人……」吐出的話語，結巴不成句。

「怎樣？有人暗算你？」

封平瀾搖了搖頭，顫抖著舉起手中的信，「這、這、這個……」

「這是什麼？」

「恐嚇信？」

「帳單？」

封平瀾再度搖頭。

「這、這個是是是……」他用像是要窒息般的語氣，細聲說出答案，「是……情……書……」

致有如正午的太陽一般閃亮溫暖的你：

你好，突然寫信給你，可能讓你覺得很莫名其妙吧？XD

我掙扎猶豫了好久，才鼓起勇氣寫下這封信。希望沒有造成你的困擾！

其實，我已經默默注意你很久了！（不要以為我是變態喔哭哭～）你的一舉一動都深深地吸引著我，在茫茫人海之中，你是最閃耀的那顆星！如果能依偎在你懷裡，聽著你的心跳入眠，那是多麼美好的事呀！（睡一輩子我也願意！>////<好害羞！）

你是特晉生，又穩坐年級榜首，但是你卻絲毫不驕傲。你的親切和溫柔，就像是春風一樣滋潤了我的心！你在體育課時總是活力充沛，每一個動作都充滿了力與美，讓我的心臟就像是剛跑完百米賽跑。你兼具了絕頂的智慧與健壯的體力，文武雙全，令我傾心！

我的世界因為你的存在而變得美好，我實在無法想像，沒有遇見你的話，我的生命會是多麼地乏味苦悶。

這份戀慕的心情越來越難以壓抑，因此我鼓起勇氣，向你表達我的心意。無論你的答覆是什麼，我都會抱著感恩的心接受！因為光是能收到你的回應，就會讓我高興到快要死掉了呀！（幸福升天～）

淘氣、靦腆、愚蠢的仙度拉　敬上

蘇麗綰以美聲朗讀的語調，字正腔圓地將信中內容朗誦完時，略微不好意思地低下頭。原本是要讓封平瀾自己唸的，但他太過興奮，沒唸兩個字就尖叫歡呼加傻笑，只好由蘇麗綰接手。

封平瀾一行人為了避人耳目，刻意來到人少的角落來看信。窄小的頂樓樓梯間，在蘇麗綰唸完信時，陷入沉默。

一種看見超乎常理的生物或自然現象、不知該如何反應的沉默。

只有封平瀾始終是心花怒放雀躍不已的狀態。

「嘿嘿嘿嘿嘿！怎樣怎樣！我被人稱讚了耶！」封平瀾對著信紙吃吃笑著，「討厭啦，仙度拉同學，可以幸福但是不可以死掉啦，這樣我會心疼的……哈哈哈哈哈！我沒有那麼帥啦！妳過獎了！」

除了白理睿一臉羨慕，其他人都以鄙夷的眼光，看著與那封信對話的封平瀾。

「所以這封不知所云的信到底想表達什麼？」墨里斯開口。

「什麼不知所云！這是我看過最棒的情書！」封平瀾還沒回答，反而是白理睿搶先辯駁，「多麼率真俏皮又充滿機智的信啊！字字撥動心弦，句句感人肺腑！」

「沒錯沒錯！」封平瀾興奮地附和，「你看你看，她說我像正午的太陽耶！哈哈哈哈哈！」

「像正午太陽一樣的話紫外線很高吧。照字面解釋，你會讓她變黑，還會增加得癌症的機會。」璁瓏冷靜地分析。

「啊？是這樣嗎？」封平瀾訝異，看來有點動搖。

「不，正午的太陽紫外線雖高，但可以殺菌。」白理睿立即防守，「膚色變黑，代表她希望你在她身上留下屬於你的印記，得癌症代表她希望你像是體內的腫瘤一樣，無時無刻和她在一起！這是何等深刻熱烈的愛啊！」

「原來如此！」封平瀾聞言，興奮之情勝於先前，「理睿好聰明喔！」

「撇開那些內容不談，這署名也太莫名其妙了吧！」伊凡皺眉，「什麼叫『淘氣、靦腆、愚蠢的仙度拉』？聽起來蠢死了。」

伊格爾輕扯了伊凡的袖子一記，露出不贊同的表情。「伊凡，這樣不禮貌……」

「喔，好啦。」伊凡嘟起嘴，「可是真的很奇怪嘛，哪有人這樣稱呼自己。」

「唉，所以我說外行人什麼都不懂。」白理睿露出一副「糞土之牆不可杇」的輕蔑表情，娓娓道來，「淘氣、靦腆、愚蠢的仙度拉，這是拿破崙寫給約瑟芬的情書裡對她的愛稱。對這個可愛的灰姑娘而言，你是她的皇帝，她渴望成為你的后妃啊！」

「原來如此！我是皇帝呢！太棒了！快讓我君臨天下！」

白理睿繼續讚嘆，「多麼可人的女孩，竟然用這種迂迴的方式表達自己的愛意。你真是個幸運的小子啊！」

「耶耶耶耶耶！」封平瀾舉雙手歡呼。

眾人的臉色更僵硬了幾分。

封平瀾低頭看信，傻笑不已，「這是第一次有人寫情書給我呢……第一次有人喜歡我……」

「該不會是惡作劇吧？」柳浥晨直接說出猜測。

封平瀾的笑容在瞬間僵硬了一下，然後笑容暗淡了些。

「小柳！」蘇麗綰對柳浥晨搖了搖頭。

柳浥晨趕緊改口，挽回氣氛，「不過，都已經高中了，應該沒有那麼幼稚無聊的人吧。」

柳浥晨的話語讓封平瀾的眼底再度亮起光芒。

「信裡沒說寫信者的身分，不知道對方是哪一班的。你有什麼頭緒嗎？」蘇麗綰詢問。

封平瀾抓了抓頭，「我不知道耶，我完全沒察覺到有人會注意我。」

他的注意力一直都放在奎薩爾他們和社團研的朋友們身上。雖然也會和其他學生互動，但都僅是點頭之交，並不熟。

他再一次低下頭，看著信，手指滑過那可愛圓潤的字體，然後不自覺地咧起笑靨，發出嘿嘿竊笑。

有人喜歡他耶……

不曉得對方是什麼樣的人呢？

早晨的小插曲，在上課前結束。大家調侃了封平瀾幾句後，也都適可而止不再追問。畢竟，對他們而言，收到情書並不是什麼特別的事，更沒興趣插手管別人的私事。

然而收信者本人卻無法淡定，整個心一直躁動不安。封平瀾反覆地把信拿出來看，一看就傻笑，一傻笑就被授課老師斥責。甚至有老師質疑封平瀾是不是嗑了藥，一直想叫班長柳浥晨通報學務處。

直到第四節的歷史課，因為考試的緣故，所以那暗爽曖昧的笑聲才得以停歇。

「封平瀾，借我你的題目卷對答案。」一下課，柳浥晨便走向封平瀾開口借考卷來參考。

「喔，我沒寫耶。」

「你不是都會把答案寫在題目卷上嗎？」

「喔，我的意思是我沒作答，交白卷了啦。」封平瀾不好意思地笑了兩聲，「本來想要在下課前猜一下的，結果一個恍神就打鐘了。真是光陰似箭歲月如梭呀！哈哈哈哈！」

柳浥晨瞪大了眼。「可是我看你剛才一直在低頭認真書寫，那你是在寫什麼？」

「我在想她是哪一班的，長什麼樣子。」

「啊？」柳浥晨愣了一秒，然後才意識到封平瀾講的是寫情書的人。「你一直在想這件事？」

「對啊。這是我第一次收到情書嘛！」封平瀾小心翼翼地從口袋裡拿出信封，放在鼻子前聞了一下，「好香喔！這個香香的女生喜歡我耶！我本來想把信拿去護貝保存的，但是護貝起來就聞不到香味了，真是讓人進退兩難呀……」

柳浥晨皺起眉，「你的言行和白理睿沒什麼兩樣。」

「那很好啊！理睿很懂女孩子，如果我像他一樣的話，就能輕鬆應對這個狀況了呢！」封平瀾把信收回口袋，「我去醫療中心一趟，中午你們自己吃吧！」

語畢，踏著雀躍而興奮的腳步，離開教室。

柳浥晨等人看著封平瀾的背影。

「只不過是封情書而已，太誇張了吧。」伊凡輕笑。「不過，能寫出這麼奇葩的情書，感覺對方和封平瀾的頻率很合。」回想到信裡的內容，伊凡忍不住搖頭。

「就像封平瀾自己寫一樣……」宗蜮小聲說出感想。

「真的。」眾人一致認同。那誇張荒誕的語氣，簡直和封平瀾不分軒輊。

不過，女版的封平瀾？那會是什麼樣子？

可以確定的是，一定很吵。

醫療中心，二樓走道末端辦公室。

辦公室內以灰、白、黑為主要色調，暗沉冰冷。然而在半掩的窗戶旁，放著一盆盆栽，枝椏上結著殷紅的櫻桃，將整間晦暗添染上了一抹明豔。

奎薩爾坐在辦公桌後，陰冷地看著面前的到訪者，靜默地等著殷肅霜說明來意。

「接下來有個任務要指派你們，這次是S級以上的任務。後天我會帶你們去殯儀館正式接任。」殷肅霜放了張文件到奎薩爾面前，「危險性和難度都比以往的任務高，所以出勤時，會把你的銅環抑制限度調低，釋放你八成的力量，任務結束後便會調回原本的限度。」

奎薩爾看也不看桌面上的文件，只是森冷地望著殷肅霜，片刻，沉聲質疑。

「當前的處境是我們有欠於你，我必須接受你們的要求。」文件下方的影子祟動，下一秒，突刺起數十道黑色尖錐，將薄紙刺裂成碎片，「你可以利用我，但不能愚弄我。你說這是雙方互利的合作，但是得利的卻只有你們。」

地面的影子也開始不安分，緩緩地捲上殷肅霜的腳踝。

「你最好別妄動。」殷肅霜冷聲警告。「你還戴著咒環，踩在曦舫的地盤上。你的行動隨時受到控制。」

「你確定？」剛解開封印的那段期間他的體力確實衰弱了不少，但是經過這陣子的潛伏，內外的損傷已逐漸復元到以往的狀態。

殷肅霜感覺到腳踝上的影子緩緩勒緊，緩緩上攀，像是荊棘一般，刺纏著他身上每一條動脈的位置。

「見不得光的似乎不只是我們，你的主子也在暗中進行著某些不能公開的事業。」奎薩爾森然輕語，「我對處處受制的生活已經膩了，我可以不計後果地攤牌離開。到時候，要收爛攤子的是你們。」

殷肅霜冷哼了聲，對於奎薩爾的恫嚇沒有多大反應，「確實如你所說。」

奎薩爾挑眉，對於殷肅霜的坦然略微詫異。

「眼前的景況，看起來是我們有求於你。」殷肅霜嘆了口氣，「不過，並不全是為了我們自己。」

奎薩爾等著殷肅霜說出下文。殷肅霜瞥了身上的影子一眼。

停頓了一秒，奎薩爾將影子撤下。

「最近，僭行妖魔的數量驟減。」

奎薩爾的表情微變。

前陣子，他經常在夜裡狩獵流竄到人界的妖魔，逼問有關雪勘皇子和那名滅魔師的下落。

「不只是因為你在晚上的『小娛樂』，而是世界各地都有同樣的現象。」殷肅霜輕笑，「協會的維安組，陸續發現僭行妖魔在他們到達之前早一步消失，有的是失蹤，有的是被除滅。然而，那些妖魔並非死於滅魔師之手。」

奎薩爾挑眉。

「妖魔是死在妖魔的咒語之下，但施咒的契妖並未登錄在協會的檔案裡。加上前陣子有不少召喚師被襲擊、契妖失蹤的事件。理事長懷疑，有人正在暗中聚集妖魔。」

奎薩爾面無表情，擺明了不感興趣。他聽不出來這與他有何關聯。

「協會的上層一致認為是不從者所為，把這些情況視為恐怖分子不定期地作亂示威。」殷肅霜露出一抹嫌惡眼神，「但是不從者都擁有自己的契妖。他們網羅搶奪了那麼多的妖魔，不可能全部立契，沒有人類能夠同時和那麼多妖魔立約的。」

奎薩爾立即會意，「除了皇族……」

只有皇族能無限制地和妖魔立約，而無損自己的力量。

殷肅霜點頭。「如果照你所說，在幽界的皇位爭奪戰之後，三皇子得到了皇位。但因為雪勘皇子下落不明，所以他派人前往人界探尋這位失落皇子的行蹤。那麼，為什麼他本人要在人界待這麼久？」

「雪勘皇子是強勁的對手，只要雪勘皇子有可能活著，三皇子的王位永遠坐不安穩。」提到仇敵，奎薩爾的聲音出現了恨意，「三皇子是為了成功無所不用其極的人。」

「或許這是原因之一。」殷肅霜提醒，「另外，別忘了。在人界的皇族不只他，還有你們在尋找的雪勘皇子。」

言下之意，便是在暗示，和那些僭行妖魔立約的也有可能是雪勘。

奎薩爾聽出了這個暗示。

紫眸射出了冰一般的視線，瞪向殷肅霜。

「你還記得將你們封印的滅魔師長什麼樣子嗎？」殷肅霜忽地拋出這問句。

「……他戴著面罩，身上也施了匿形的混沌咒語……」

「每個滅魔師都會這麼做的。」這稱不上特徵。

「但是我記得他的聲音。」奎薩爾篤定地開口，「為何這麼問？」

「只是好奇——」

雜沓的腳步聲從走道傳來，殷肅霜停下了話語。

腳步聲逐漸接近，幾秒後，辦公室的門板傳來敲擊聲，接著門扉開啟。

「奎薩爾！」歡喜雀躍的笑語聲闖入屋中，「有人寫情書給我耶！」

封平瀾臉上掛著燦爛的笑容，一部分是出於收到情書的愉悅，但更多是因為看見了奎薩爾。

站定之後，發現屋裡還有另一人存在。

「啊，班導！你也在啊！」

殷肅霜淡然地應了聲。「你來做什麼？」

看來今天的談話到此為止。

「來分享我的喜悅呀！」封平瀾傻笑著從口袋中掏出信，然後現寶似地高舉，「你們看！有人寫情書給我耶！是情書喔！情書耶！」

相較於封平瀾的一頭熱，奎薩爾和殷肅霜的冷靜淡定彷彿是身處另一個次元。

「話說班導來找奎薩爾做什麼呀？是身體不舒服嗎？」

「只是一些公事。」殷肅霜看了奎薩爾一眼，然後轉頭向封平瀾交代，「晚上集合你的社員，有賞金任務要麻煩你們。」

「喔喔好的！」

殷肅霜離開後，封平瀾立刻興奮地走到奎薩爾的面前。

他覺得自己好久沒看到奎薩爾了。從學園祭的試煉之後，到現在已經一個多星期了，就連影校的課，奎薩爾也都沒出席。

殷肅霜說，其實奎薩爾接了校醫和社團老師的工作之後，地位和葉珥德差不多，原本就可以不用一直跟在契約者身邊，讓他有點惆悵。

雖然只不過是幾天的事，但是再次見到面，就讓他高興不已。

「好幾天沒看到奎薩爾了，奎薩爾還是一樣帥死人耶！」封平瀾呵呵傻笑，「奎薩爾這幾天去哪啦？有沒有想我呀？哈哈哈哈哈！」

奎薩爾冷眼看著封平瀾。

經過這段日子的相處，他已經知道封平瀾的行為模式。

接下來，封平瀾會對他聒噪些無關緊要的事，詢問他的意見和看法，但即使他不回答，封平瀾也會繼續說下去。

他瞄了時鐘一眼，距離午休結束還有三十二分鐘。三十二分鐘之後，封平瀾會自動離開，回去教室上課。

察覺到了奎薩爾的小動作，封平瀾笑著開口，「我馬上就會離開的啦！放心！」

被看穿心思，讓奎薩爾略微訝異。

這傢伙，從來不會生氣或沮喪嗎？到底是怎麼維持這樣的樂觀和活力的？

封平瀾將信封湊到奎薩爾面前。

「奎薩爾你看你看，是情書耶！啊，奎薩爾知道什麼是情書嗎？情書就是當你喜歡一個人的時候，會寫信告訴對方自己的心意！幽界裡的人要告白也會寫情書嗎？奎薩爾有收過情書嗎？我可以寫給你嗎？那樣你可能會收到一本和字典一樣厚的情書喔！我的字典裡什麼都沒有，只有奎薩爾！哈哈哈哈！」

封平瀾自嗨了一陣子之後，稍微冷靜。

「好啦，回歸正題。這個情書寫得很感人喔！我看了都快喜極而泣了呢！我唸給你聽喔！雖然這樣好像對寫信的人有點失禮，但我真的太高興，太想和你分享了！反正奎薩爾是好人，知道了也無所謂！」

奎薩爾並不想聽，但他也不打算制止。他只希望這一切快點結束。

封平瀾一邊傻笑，一邊朗讀著信裡的內容，並且適時做出解說，包括顏文字的部分。

奎薩爾靜靜地聽著，他對信裡的內容不予置評，封平瀾唸出的東西，他過耳即忘。

但是，封平瀾滿足而歡欣的笑容，莫名地讓他心底隱然生起一陣不悅。

「沒想到有人暗戀我耶……」讀完信後，封平瀾痴痴地把信拿到面前，聞了一下，

「這麼香的人喜歡我耶！」

奎薩爾微微蹙眉。

他不悅。但他不太確定自己為何不悅。

是因為封平瀾的聒噪和愚行？

還是別的理由？

「不知道對方是一般生還是召喚師。希望是一般生。」

「為什麼？」奎薩爾不自覺地開口反問。

「如果是召喚師，當她發現我是冒牌貨的話，應該會很失望吧。」封平瀾苦笑著抓了抓頭，「畢竟這身分也只是暫時的呀，最終我還是個平凡人啊。」

奎薩爾看著封平瀾，內心的不快加深了些。

是的。平凡的人類。

是的。眼前的處境只是暫時的，最終他們將會分離。

看著對那封信愛不釋手的封平瀾，奎薩爾覺得，或許先離開的未必是他們。

或許，是封平瀾會先離開。

畢竟封平瀾只是個人類，平凡的人類。

封平瀾終究會找到自己所愛的人，然後將重心從他們身上轉移，離開這危險的世界，享受身為一個平凡人類應有的幸福。

到時候，他們這些契妖，是否會成為他的累贅？

如果那樣的日子先到來，封平瀾是否會果斷地將他們捨棄？

「淘氣的仙度拉同學，妳給的暗示太少了啦！我該怎麼回應妳的愛呢？要是我猜錯人怎麼辦？奎薩爾，你有什麼意見嗎？」

「妖魔不會有這樣的困擾。」奎薩爾蔑然回應，語氣中帶著譴責的意味，「當我們宣誓對一人效忠，心裡便放不下其他人。」

「這樣喔。」封平瀾點點頭，接著停頓了幾秒，臉上揚起深深的笑意，「所以，奎薩爾是希望我心裡只有你，對你效忠嗎？」

奎薩爾愣愣。

他沒有想到這些。

更重要的是，他無法斷然否定。

「還是說，」封平瀾試探地小聲輕語，「奎薩爾心裡只對我效忠呢？」

濃烈的嫌惡和厭棄浮上了奎薩爾的俊顏。

「噢噢！我開玩笑的啦！奎薩爾別生氣啊！」封平瀾趕緊笑著打圓場，「奎薩爾一直對雪勘皇子忠心，我只是路過打醬油的，光是能瞻仰到奎薩爾的容顏就已經要謝天啦！哈哈哈哈哈！」他匆匆地將信收回，「我先走囉！晚點見啦！」

封平瀾以為自己踩到了奎薩爾的地雷，趕緊笑著退場。

事實上，奎薩爾嫌惡厭棄的對象——

是他自己。

Chapter2

現實中的天然呆，全是偽裝得很天然的加工品

當封平瀾前往醫療大樓時，柳浥晨一行人則照例前往宿舍底下的食堂用餐。

不知什麼時候開始，單獨的個體們，已習慣這樣群體行動。

白理睿偶爾也會同行，但這幾天午休時他卻總是回寢室休息。據本人的說法，他想提早為期末考做準備，寢室比較安靜，比較唸得下書。

但伊凡堅信，白理睿必定是回房裡看影片自我抒壓，還危言聳聽地要女學生別和他握手，以免不小心懷孕。

「只是封情書而已，他也太激動了吧。」伊凡吃了口芝麻酥，然後啜了口溫熱的芝麻糊，不以為然地說著。「他的態度好像中了頭獎的樂透主動出現在自己手中一樣，未免開心過頭！」

「人類很在意異性對於自己的觀感。所有的生物都努力地想要增加交配的機會，以提升自身基因傳承下去的機率，這是因為他們的本能中潛藏著對於滅種的恐懼。」璁瓏悠悠地開口，說著從書中得來的知識。

「原來如此。」伊凡恍然，「那白理睿一定是深陷這樣的恐懼之中。」

「封平瀾以前沒和別人交往過嗎？」柳浥晨好奇發問，「說實在的，撇開他詭異的言行不談，他的外表不差，再加上開朗親切的個性，國中時代應該會有妹子喜歡。」

「不對，他國中時是個叛逆壞小子，妳忘了之前他中了逆齡咒語的事？」伊凡提醒。

「喔，說得也是。」

心智年齡退化到國中時的封平瀾，儼然就是個會無照駕駛、改裝機車、動不動就撂人來喬事情辯輸贏的屁孩。

「但壞男孩應該會更受歡迎呢。」蘇麗綰笑著說出自己的見解。「那個年齡的女孩，基本上對於反抗權威的叛逆分子都抱有興趣和好感，壞得越徹底就越是個傳奇。」

「女生的喜好真是難以理解。」伊凡搖了搖頭，望向璁瓏等人，「所以他以前很受女孩子歡迎嗎？」

璁瓏等人面面相覷。

「嗯……他說是他是第一次收到情書。」

「所以你也不知道？」伊凡詫異，「我以為契妖對主子的事都很清楚呢。」

冬犽微笑著吐出一個保險的回答，「我們沒有締約很久。因為一些緣故，所以我們對平瀾的過去不是很清楚，也不便探問。」

他們也是這個學期才和封平瀾相遇，陰錯陽差地訂了契約。他們就和柳浥晨等人一樣，對於封平瀾的過去一無所知。

他們只知道，封平瀾為他們守著祕密。這是唯一一件外人不知、只有這六個契妖才知道的事。

「喔，好吧。」伊凡很乾脆地不再追問。

召喚師家族之間都有自己的祕辛，不探究對方隱私是彼此心照不宣的共識。

「不管怎樣，平瀾高興就好。」冬犽將話題導回，「第一次看到他這麼開心激動呢。」

柳浥晨撐著頭，笑著向蘇麗綰開口，「難得有磁場和他那麼相近的人，要是能在一起也是好事，對吧？」

蘇麗綰不發一語，看起來若有所思。

「怎麼了？」

蘇麗綰略微猶豫地啟齒，「其實……我有點在意那封情書。」

眾人詫然。

「呃，妳的意思是，妳也喜歡封平瀾？」

「這是在爭風吃醋嗎？」

「麗綰，妳是我的朋友，我站在妳這邊。」伊凡義氣相挺，「所以我衷心地建議，妳要不要請個病假看醫生？」

蘇麗綰哭笑不得。

「你們誤會了，我沒有那個意思。我只是……覺得那封信不太自然……」

「所以，妳的意思是，妳也懷疑這封信是惡作劇？」柳浥晨挑眉。

蘇麗綰不好意思地點了點頭。

「這個假設很合理啊。」伊凡沒好氣地開口，「那妳早上為什麼要打斷班長的推測？」

「我看平瀾很高興的樣子，不忍心讓他失望。」

「所以妳也覺得不可能有雌性人類喜歡上封平瀾？」

「我不是質疑有人喜歡封平瀾這件事，平瀾人很好，一定會有人被他的特質吸引。」

蘇麗綰皺眉，「我只是對於寫信者感到困惑。」

「怎麼說？」

「我不知道該怎麼形容，但是整封信給我一種矛盾感。」蘇麗綰回想著情書，開口，

「會選擇寫情書這樣傳統的方式表白，還使用典雅的信封和信紙，通常會是個性比較內斂含蓄的人。但是信裡的措詞，卻又給人直率可愛天真的感覺。而信上帶著的香氣，像是成熟性感的女性香水。這封信展現出的面向太過複雜混亂，讓我無法在腦中構築出這個女孩的形象。」

希茉感同身受地用力點頭。

「……那種設定混亂的女角不可能存在……」她小聲地吐出自己的意見。

「或許她就是天真無邪又落落大方、不拘格套，剛好手邊有那些東西就拿來使用吧？」柳浥晨猜想。

蘇麗綰微笑，「會覺得寫信者天真無邪的小柳，才是真的天真無邪呢。」

柳浥晨挑了挑眉。她無法分辨蘇麗綰是稱讚她還是挖苦她。

「搞不好外表正常內心狂放。」墨里斯插嘴，「有些人外表道貌岸然，但是私底下卻有好幾十道陰影。」

希茉瞪大了眼，望向墨里斯，「……那本在你那邊？」

「不想被別人拿走下次就不要放在客廳。」墨里斯老神在在地哼聲。

「如果她對外的形象和信裡呈現的不一樣，那麼，她就不會特地把自己隱藏起來的形象展現給暗中愛慕的人。」蘇麗綰反駁了假設。

「妳還真懂耶！」璁瓏讚嘆。

「我讀過女校。」蘇麗綰謙虛一笑。

「未必是那樣吧。」柳浥晨對蘇麗綰的推論無法認同，「搞不好對方就真的是個天然呆，現在不是很多這樣的女生嗎？雖然無助又愚笨，但是卻笨得可愛。」

「對啊。」伊凡附和，「雖然我討厭笨蛋，但是有時候看她們笨手笨腳的樣子，也覺得挺可愛的。」

蘇麗綰失笑出聲，像是聽見什麼誇張的笑話一般。

「笑夠了沒？」柳浥晨有點不悅。

「抱歉。」蘇麗綰收斂笑容，接著像是博物館的導覽一般，開口說明，「現實裡沒有真正天然呆的女人。大部分的女生，在不同程度上都會裝可愛，至於成不成功和外表無關，而是取決於手段。高竿的人會把裝可愛內化成習慣，讓人覺得對方是個表裡如一的天然呆。而手段低劣的人，在人前人後態度會明顯地不同，甚至只在異性面前戴上偽裝，這樣很快就會被貼上做作的標籤，然後難以翻身。」

蘇麗綰很少說出這麼犀利尖銳的意見。她總是給人謙順客氣的印象。

「所以，妳也會那樣嗎？」伊凡直問。

蘇麗綰笑而不答。

她裝的不是可愛，而是賢淑與端莊。

她在意、戀慕的那個人，看得穿她所有的伎倆。在她企圖有所作為前，便拉下通了電的警戒線。一旦她想跨越，就會被殛傷。

「如果這封信真的是惡作劇的話，那有什麼目的？」柳浥晨不解，「作弄封平瀾有什麼好處？」

「啊呀，這妳就不懂了。惡作劇本身就是目的呀。」伊凡漾著天真的笑容回答。「執行的當下便得到樂趣，直到被揭穿之前，每一刻都充滿了快感呢！對吧，百嘹？」

一直坐在一旁滑手機的百嘹，輕笑了聲。

「我不會刻意去惡作劇。我所做的每一件事，都是為了取悅我自己。只是有時候導致的結果恰巧會讓某些人難堪罷了。」他看著螢幕上那任性耍賴的訊息，勾起嘴角，「順帶一提，我覺得那些女孩為了自以為沒人看穿的小伎倆沾沾自喜時，非常有趣，總能帶給我許多娛樂呢，呵呵呵。」

真是個徹底的壞男人。

「不管怎麼說，目前只收到這一封信，還不能斷論。說不定，對方是真心喜歡封平瀾呢。」蘇麗綰笑了笑。

「希望吧。」

「如果對方的本性就像信中所呈現的那樣，感覺那兩人會變成一搭一唱的笨蛋情侶。」

「對啊。」

眾人耳邊浮現起封平瀾的笑聲。

「如果那個仙度拉平常說話也像信裡那樣，那他們兩人應該會一直笑。」

幻想中的笑聲變成雙聲道，一高一低，讓人神經緊繃的威力加倍。

眾人眉頭皺起。

噢，吵死了……

「那，他們交配的時候也會那樣嗎？」璁瓏提問。

眾人發出一陣不舒服的低吟。

「說不定會和美洲短吻鱷交配一樣。」墨里斯忽地發出感言。

這個比喻太過超常，眾人一時無法聯想。

「美洲短吻鱷？那是怎樣啊？」

墨里斯拿出手機，點了幾下，跳出影片。

刺耳而又淒厲的連續嚎叫流洩而出，驚動了整個食堂。

眾人的臉色難看了幾分。

這實在太駭人了……

淘氣的仙度拉留下的不是玻璃鞋，而是重重的謎團和詭譎的妄想。

下午的課堂考試裡，封平瀾的化學得了五十三，英文則是六十一。

因為成績明顯退步，放學時還去了專任教師辦公室一趟，被老師們關切了一番。

當他離開辦公室時，校內的日校生都已離開。他匆匆穿過鏡門，進入影校教室。

柳浥晨看著封平瀾拿回的考卷，「你也太誇張了吧！」

「既然不是交白卷，為什麼會拿到這種微妙分數？」

戀愛會讓人智商降低，這個傳聞看來不假。

「我用猜的啦。」封平瀾不好意思地承認，「我快速掃過題目，覺得是哪個答案就選下了，沒去認真計算和思考，所以大部分記憶性的題目都寫對，其他就有的猜中有的沒中了。」

「真了不起。」曇華由衷地稱讚，「這是海棠少爺認真寫才有的分數呢。」

「多嘴！」

封平瀾放下考卷，興奮地拿出信，「海棠！我收到情書了耶！」

「我聽說了。」封平瀾來之前，柳浥晨一行人便坐到他附近，主動地討論起這件事。

他對戀愛話題完全沒興趣，但因為主角是封平瀾，所以稍微引起了他的好奇，便耐著性子聆聽對方的談話。

不知什麼時候開始，他已融入這票人之中，完全不覺得突兀或不自在。

封平瀾將信封遞到海棠面前，「要聞聞看嗎？啊，不過不要吸太久，我怕味道被吸光。話說，海棠收過情書嗎？」

海棠一把將封平瀾的手推開，嫌惡地嘖了聲。「我不屑那種東西。」

「海棠好酷喔！真是個冷酷無情的男人！」

「你說你隨便猜，但我看你考試時一直狂寫到下課，是在寫什麼？」墨里斯好奇地詢問。

「喔，那個啊。」封平瀾不好意思地抓了抓臉，從書包裡抽出化學和英文的題目卷，背面密密麻麻寫滿了字，畫著好幾個表格和計算式。「因為太在意對方的身分，所以稍微試著縮小目標範圍……」

他指著試卷上的字，開始說明。

「曦舫的高中部有三十個班級，高職部三十六個班級，加上國中部九個班級。總人數是二千九百五十八人，扣掉班上同學和自己人，所以有二千九百二十一人——」

「等一下，電機科和電子科都是男生班，為何不扣除？」

「我知道，原本我也想扣除的，但深思熟慮之後，覺得還是列入考慮比較保險。」封平瀾訕笑了兩聲，「雖然我比較希望是女孩子啦，哈哈哈哈哈！」

爽朗的笑聲，莫名地勾起了中午的回憶，短吻鱷的嘶吼聲彷彿出現耳邊。

「然後，這封信是今天才出現的，所以可以排除請假的學生。」封平瀾繼續開口，「她在信中稱讚我體育課的表現，所以我和她的班級至少有一堂體育課的時間是重疊的。一星期有三堂體育，和我們同時段上體育課的有十一個班——包括誤差人數，目標已聚焦到七百三十人了！」

封平瀾開心地宣布。

柳浥晨翻了翻試卷，感到匪夷所思，「所以，你整天都在想這個？」

「喔，當然不是。」封平瀾笑著否認，然後抽出另一張試卷，「我還想了幾個我們可以互相稱呼對方的暱稱喔！」

「那是什麼東西……」她有不好的預感。

「我想了幾十組名字，深思熟慮之後，刪去了一些，只保留最有意境的。」封平瀾侃侃說道，「首先是小灰，因為仙度拉就是灰姑娘，叫小灰有種低調又俏皮的感覺！但又覺得叫小仙不錯，脫俗超塵。如果採用這一組名字的話，她就可以叫我撿鞋殿下，都是灰姑娘的典故，彼此呼應呢！或者是叫她『瞻仰太陽的月亮』？這樣她就可以稱我為『來自太陽的你』了！」

「不要以為偷抄韓劇名沒人發現好嗎！」

「噢，好吧。」封平瀾看了看筆記，「還有這個，我頗喜歡的，就是小皇后。這是理睿教我的喔！」

「為什麼是皇后不是公主？」冬犽不解。

「啊哈！我就在等這問句！」封平瀾露出了一副「等到你了」的表情，「如果她這麼問我的話，我就可以這樣回答──」

封平瀾清了清喉嚨，然後擺出深情款款的眼神，看向眾人，以故作性感的低沉音調輕語。

「小傻瓜，公主要由妳來生下。」

此語一出，拍桌敲牆聲與怒吼聲同時暴起。

「爛爆了！」

「媽的我想揍人！」

「為什麼要聽白理睿的建議！為什麼不好好做人！」

「平瀾，這個點子很不好，真的很不好。」蘇麗綰也難得露出憂慮的神色，諄諄勸導。

看著眾人的反對，封平瀾惋惜地抓了抓頭，「啊？我覺得很不錯的說……」

「直接叫名字就好了，不用搞這些花樣。」

「那樣多沒情調呀！」封平瀾將試卷收回，拿起那封信，再度揚起痴傻羞赧的笑容，「被人喜歡是一件多麼美好的事呀。」

「你想要取什麼稱號都可以，總之，」柳浥晨嚴肅地警告，「交往之後請不要讓我們聽見你們互喊彼此的愛稱。」

「啊？交往？」封平瀾愣愣，彷彿對這個結論感到措手不及。

眾人挑眉。

這是什麼反應？

「驚訝什麼啊？」柳浥晨皺起眉，「收到信後爽成那樣，連暱稱都取了，提到交往卻猶豫？」

「呃，取暱稱只是表示親近，我也偷偷幫你們取過暱稱，只是沒有直接喊出來……」

封平瀾抓了抓臉，「被人暗戀，我很高興，可是……」

就僅只於高興和欣喜而已。

對未來兩個人的發展，他並沒有多想，也沒有太多的期待。

「大概是和身分有關吧。」蘇麗綰猜測。「對方可能是日校生。」

「啊，有可能。信中稱讚的內容都與日校有關，沒提到影校的事。很可能只是個平凡人，不是召喚師。」

「這確實是個問題。」

柳浥晨和伊凡等人露出恍然的表情，只有封平瀾和他的契妖們不明所以。

「那個……一般人不好嗎？」封平瀾小心翼翼地詢問。

柳浥晨等人互看了一眼。

「要適應並接受召喚師的世界，對一般人而言是很難的事。」蘇麗綰解釋。「畢竟原有的世界觀和生活都會受到衝擊。」

「可是，說不定對方很樂觀，心胸開闊，一下子就能接受呢？」

就像他一樣啊。

他知道妖魔和召喚師的存在以後，並沒有覺得適應不良，也不覺得困擾。他反而覺得，這樣的改變讓他的生活變得比以往更有趣、更有意義呢！

柳浥晨翻了翻白眼，「還沒交往就在幫對方護航了？」

封平瀾訕笑了兩聲。

事實上，他並不是在為那不知名的仙度拉護航，而是在替自己辯解……

「就算對方能接受，沒有戰鬥能力，也只是個累贅。」蘇麗綰輕聲說著沉重的內容，「愛得越深，就會成為嚴重的弱點。所以，為了避免那樣的狀況，通常召喚師都會和召喚師家族的人結合。就算對方本身不是召喚師，但在家族的培育下，至少有足夠的戰鬥能力，能擔任另一半的後援和支柱。」

「召喚師裡無能的廢物也不少。」海棠輕哼，「大家族裡多的是群互相取暖的弱者。」

「總之很麻煩啦。」伊凡不以為然地哼了聲，「況且，在某些人眼中，我們可是惡魔，避之如蛇蠍呢！貪戀我們的力量，利用我們得到權與利，卻又嫌棄我們，真是可笑吶！」

「這樣喔……」封平瀾的表情頓時變得消沉了許多，看起來悵然若失。

璁瓏等人互看了一眼。

不曉得為何，他們突然覺得有點尷尬，有種難以言喻的不自在，因為他們知道封平瀾的失落從何而來。

冬犽伸手拍了拍封平瀾的肩，給予鼓勵的笑容。封平瀾回以一笑，但是笑容有點僵硬。

柳浥晨注意到封平瀾的異樣，「你怎麼好像很失望？」

「喔，沒有啦。」封平瀾再度揚起笑容，「這是第一次有人寫情書給我，第一次有女生喜歡我，沒想到召喚師不能和一般人在一起，哈哈哈。」

原來，對於召喚師而言，沒有戰鬥力的凡人只是累贅啊……

如果班長他們發現自己也是平凡人呢？

奎薩爾他們離開後，他還能和班長他們往來嗎？

他們願意和自己往來嗎？

他相信小柳他們都是好人，可是，再好的人，也無法完全坦然地接受被人欺騙吧。

如果他們接納了他，他們的友情未受影響，那麼，他會不會成為班長他們的弱點呢？

少了契妖們的保護，他什麼也不是。

什麼也不是。什麼也沒有。

「也是有平凡人和召喚師成功在一起的。」蘇麗綰看封平瀾神色有異，以為對方是在擔憂無法和喜歡的人在一起，趕緊開口緩頰。「況且你不只有六名契妖，還有過人的智慧，一定沒有問題的！」

「是啊，你要擔心的不是無法保護她，而是被對方甩掉吧。」柳浥晨吐槽幫腔。

「哈哈，說得也是呢！」封平瀾漾起了燦爛爽朗的笑容，低頭盯著信封幾秒，深深地吸了口氣，小聲而堅定地道，「……別小看平凡人啊！」

當晚放學後，殷肅霜帶著社團研的人前往雅努斯殯儀館。

這是社團研第二次團體行動。除了上回調查換臉妖魔事件時，集體出動，之後便都是封平瀾和契妖自己接些小案子，一方面賺錢貼補家用，一方面透過完成任務，和蜃煬交換情報。

殷肅霜開的是學校的小型巴士校車，璁瓏沒坐過，堅持要一同搭乘，但上了高速公路後沒多久就切換成湧泉模式，搞得全車一股酸奶味。

至於奎薩爾，則是從頭到尾沒出現，早已獨自前往。

「終於記得帶上我們了呀？」伊凡語帶嘲諷地對著封平瀾開口。「之前都自己偷偷跑去玩，真不夠意思呢。」

「不是啦，那些任務都是D級以下，有的只是幫忙跑腿送貨的小事，所以才沒找你們一起啦。」封平瀾坐在窗邊的位置，一邊低著頭振筆寫字，一邊回答。

事實上，他們接下那些任務主要是為了換取情報，有時甚至是無酬工作。這也是為何之前接任務時不想讓他人插手幫忙的主因。

「而且D級的賞金不是很高，其他人加入的話，分到的酬勞就會減少。要應付日常的開支，略微吃緊。」冬犽插口回答，接著轉頭看向墨里斯和希茉，揚起溫柔的笑容，兩秒後才轉回。

墨里斯和希茉兩人背脊發寒。

「需要我捐發票給你們嗎？」伊凡輕笑，同時有意無意地望向開車中的殷肅霜，「都學期末了才接任務，要是影響到課業怎麼辦呢？」

言下之意，就是希望殷肅霜能夠在學期成績通融放水一下。

「海棠少爺對補考很有信心。」曇華認真回答，但下一秒，又有點猶豫地望向海棠，「應該是吧，少爺？」

「不要多嘴！」

殷肅霜一邊開著車，一邊淡然地開口，「現在接任務，但執行是在學期結束後，完全不會影響。」

「噢，真可惜。」伊凡不滿地撇了撇嘴，接著站起身，搭向前座，把目標轉向一上車便低頭認真書寫的封平瀾，「你在寫什麼呀？又在想暱稱嗎？該不會已經在幫小孩取名了吧?!」

「噢，不是啦！小孩的名字我早就想好要怎麼取了。」封平瀾笑著否認，臉上帶著些許的靦腆，「我打算回信給仙度拉，從筆友開始做起。」

「你要回信？」

這話引起眾人的注意。

「可以借我們看嗎？」柳浥晨開口。「不只是好奇，而是擔心你聽了白理睿的建議寫出絕對被控性騷擾的東西。」

「這都是我自己想的啦！你們想看喔？可是我會不好意思耶！」口裡雖是這麼說，但還是乖乖地將信遞出。

柳浥晨接過信，眾人湊上，一同觀賞。

致沐浴在晨曦與朝露之中的鈴蘭暨淘氣、靦腆、愚蠢的仙度拉：

收到妳的信，讓我驚喜不已又感動無比！這樣激昂而又感動的心情，就像國中時第一次做化合反應實驗。妳像是燃燒的鎂帶，發出耀眼的白光，但不會有刺鼻的臭味，反而像久驅不散的熊寶貝。

我也想更了解妳一些，希望妳願意和我分享。不知道妳的興趣是什麼呢？近來是否發生什麼趣事？我先拋磚引玉說一個吧。

上次我和璁瓏、麗綰還有班長一起逛書店時，看到一個企鵝造型的鑰匙圈，超可愛的！璁瓏說企鵝會利用自己的糞便融化冰雪，以利於繁殖交配。不管是璁瓏還是企鵝，都好厲害呀！我和班長她們本來想一起買企鵝鑰匙圈，但是麗綰和班長不知道為什麼把企鵝放回去，改選北極熊的款式。（北極熊可不會那麼酷的招式呢！）不知道妳喜不喜歡企鵝？我很喜歡唷！

謝謝妳鼓起勇氣告訴我妳的心意！收到妳的信之後，我的生活變成夢幻的粉紅色！

（原本是彩色。）

我很期待收到妳的回信，期待看到妳的分享～

比拿破崙長一點的封平瀾　敬上

柳浥晨費了很大了勁，才克制住自己想把信撕碎的欲望。

「不錯吧！我安排了不少巧思在裡頭喔！我想盡量表現出機智風趣又平易近人的一面。」封平瀾不好意思地輕咳一下，「你們覺得呢？」

「我不知道該從何吐槽起……」伊凡搖頭。「太莫名其妙了！」

「暨什麼暨！你以為是在寫公文喔！署名太長了吧！」柳浥晨把信塞回封平瀾手中，「比拿破崙長一點是怎樣！這是白理睿教你的嗎？我要揍他！」

「仙度拉她暗用了拿破崙與約瑟芬的典故，所以我想和她有所呼應。」封平瀾不解，「拿破崙的身長一百六十八公分，我一百七十二公分，確實比他長一點啊。有什麼不對嗎？」

柳浥晨一時語塞，臉上閃過羞惱尷尬的表情。

百嘹輕笑出聲，柳浥晨立即轉頭怒瞪。

「我覺得不錯……」璁瓏虛弱地給予肯定，「他在信裡稱讚我，這很好……嗚嘔！」

「你還是閉嘴吧。」

「那個，最好不要在信裡提到其他異性關係喔。」蘇麗綰衷心建議。「這樣對方可能會誤會。」

「是喔？」封平瀾抓了抓頭。

「回信不用刻意誇大，自然平易就好。」蘇麗綰微笑著建議，「你在她心中已經非常完美了，你要做的是透過信件，拉近你們的距離，而不是讓她更加崇拜你。」

「喔喔，麗綰好厲害喔！謝謝妳的建議！」

語畢，立刻拿了一張新的紙，匆匆振筆書寫，五分鐘後交卷。

上次我和璁瓏、冬犽還有某人去逛大賣場時，璁瓏看到煉乳，想買來嘗嘗看，結果某人就說：「這個不是要塗在身上的嗎？」站在附近的客人露出很驚訝的表情呢！

哈哈，那位同行者應該是把煉乳和護膚乳液搞錯了吧。真有趣！

「那個，因為麗綰說不要提到其他異性，所以我就用『某人』取代了，這樣應該看不出來是誰吧？」封平瀾笑著解釋。

眾人轉頭看希茉，然後默默轉回。

他們很確定，希茉不是搞錯東西，而是搞錯用法。

「這個不太好，再改一下吧。」

「還要改呀？」封平瀾略微苦惱地用筆搔了搔臉頰，「可是我不曉得要寫什麼了耶。」

「你就分享你的興趣吧。或者你可以問問她的喜好，以後可以做為話題。」

「噢噢！懂了！」封平瀾再度拿紙，握筆快速書寫，洋洋灑灑地寫了兩張，交卷。

不曉得除了我以外，妳最欣賞什麼樣的男性呢？我來拋磚引玉說一下吧！我覺得校醫奎薩爾真是帥到爆，他怎麼會這麼帥呢?!我偷拍了好幾張奎薩爾的照片，很樂意和妳分享信未讀完，柳浥晨直接把紙揉成一球，丟給百暸。

百暸順手接下，然後塞到不斷發出乾嘔聲的璁瓏嘴中。

「不要在回應告白的信裡面和別人告白！」

「可是──」

「保留前幾句就好。從『近來是否發生什麼趣事』到『期待看到妳的分享』中間全刪，所有括弧裡的字也刪除，署名只要寫封平瀾就可以了。」

「這樣很少耶！」封平瀾看著信紙，「人家寫了五百多字，我才回二百字，感覺太過薄情了點。」

「不然你夾一張鈔票進去好了，誠意十足。」墨里斯提議。

「這樣感覺很虛……」

「那，夾兩張？」冬犽建議。「但是給粉紅色的就好，最近收入有點吃緊。」

「我有盧布。」伊格爾難得插上嘴，熱心開口。「……可以借你，不用還。」

「謝謝喔！」

「可笑。」海棠不以為然地哼聲，「為了這種無意義的事起舞，只會讓自己看起來更愚蠢。」

「你嫉妒的樣子看起來也挺蠢的。」伊凡嘲諷。

「海棠是在吃醋嗎？」封平瀾笑著戳了戳海棠的肩膀。「如果海棠也想收到情書的話，我可以寫給你喔！」

「我不需要！」

「嘔——」

「快開窗！開窗！媽的！」

一路上，車上吵吵鬧鬧，坐在前座駕車的殷肅霜，眉頭始終是皺著的。

吵死了……

他看了照後鏡一眼。後座吵嚷打鬧，大家就像是一般學生，分不出人與妖、凡人與召喚師。

嘴角不自覺地揚起寬慰的笑意，但下一瞬，化成感慨而憂悒的嘆息。

Chapter3

不是戀愛使人智能降低，而是有的人以愛為名藉機展現低能的本性

抵達時已是深夜十二點。漆黑如墨的夜，雅努斯大門前的門燈，有如鬼火般地亮著，為夜行之人引路。

宗蜮沉著臉跟在隊伍中。

平常總會不時自言自語、突然竊笑的他，從集合時便沉默不語，臉上掛著複雜的表情，混合著厭惡、期待、冷漠、關切。

穿越鏡門，走下幽深的迴旋梯，在彼端等待著的，是刺耳的槍炮聲和慘叫聲。

「晚安啊大家！好久不見！」蜃煬穿著毛茸茸的熊耳連帽外套，嘴裡叼著色彩鮮豔的枴杖糖，雙腳縮在椅子上，手中握著電玩搖桿。「是來和我拜早年的嗎？是來討紅包的嗎？我可以去冰櫃裡拔幾顆金牙分送大家唷！哈哈哈哈──啊，討厭，被臭殭屍殺死了！」

蜃煬發出掃興的低吟，隨手將遊戲手把扔到一旁。

桌面上依舊凌亂，堆放著好幾張相同的糖果包裝紙，還有零食袋和幾個汽水的空瓶。但長形櫃檯的另一隅，攤放著未完成的拼圖，維持著乾淨。在桌子的最角落處，有一個布滿裂痕的馬克杯，看起來是摔碎過又重新拼黏起來。

「有布丁喔。」蜃煬對著面前的人群開口，然後笑了笑，「要吃嗎？」

站在隊伍後方的宗蛓微微一震，然後將頭撇開。

「喔，不用了啦，謝謝！」封平瀾笑著婉拒，「剛剛一路上聞著璁瓏噴出來的東西，現在沒什胃口呢。哈哈哈！噢對了，我收到情書了喔！嘿嘿嘿！」

「真的嗎！信裡寫什麼呢？她長得好看嗎？啊呀，我最喜歡戀愛話題了！」蜃煬雙手捧頰，花枝亂顫地輕笑，「你們要去哪裡約會？去看電影還是去遊樂園？你們牽手了沒？接吻了沒？你喜歡顆粒還是螺旋？喜歡合葬還是分塔？哈哈哈哈！」

「啊？」最後兩個問題怎麼有點難答？

「時間有限。」殷肅霜冷聲打斷閒談，以命令的語氣對著蜃煬開口，「進入正題吧。」

「肅霜大人真沒情調吶。」蜃煬慨然地搖了搖頭，然後放下腳，慵懶地伸了個懶腰，

「不想談一次刻骨銘心的戀愛嗎？」

殷肅霜表情一凜，「我知道規矩，我不會做讓自己後悔的事。」

蜃煬對這回答露出了不以為然的笑容，「我可從來沒後悔過唷。」

轉過身時，目光正好與宗蛓四目相接。他略微無奈地勾了勾嘴角，接著快步邁往檔案室。

五分鐘後，抱著一疊裝滿資料的箱子，折返。

「這次的任務之前曾和你們稍微提過，賀爾班航運的亞可涅號郵輪事件。」

「不是已經查出郵輪負責人費德曼的死和綠獅子有關了？」璁瓏皺了皺眉，「你們的效率真差呢……」

費德曼生前被剝臉妖魔卸除臉皮，頂替者便披著他的面容，將權力和利益轉讓給他人。他們去日本時，已將操縱妖魔的不從者逮捕交差，照理說事情應該已告一段落了。

「你的嘴真臭。沒有冒犯的意思，純粹敘述事實。」蜃煬露出俏皮的笑容，繼續說明，「亞可涅號郵輪是賀爾班航運旗下最大的觀光郵輪，目前的管理者是賀爾班家族現任當家的一個遠親，西蒙・齊赫夫。雖然升遷方式可疑，但他不是這次任務的重點。這次的問題出在郵輪本身，啟航和抵港的人數不對。」

「有人在郵輪上犯罪殺人？」

「那樣的話還容易些呢。」蜃煬翻開檔案冊，「人數不是減少，而是增加。下船人數比上船人數多。」

如果是人數減少的話，失蹤者的身分很容易就能確定，接著便可追查線索和鎖定嫌疑者。但是，人數增加的話，很難推測增加的方式和原因。

「所以，我們這次的任務是抓偷渡客？」

「亞可涅號是頂級郵輪，富豪娛樂狂歡的地點，控管嚴格，不可能有人偷渡。加上它跑的是遠洋航線，所以也不可能中途潛入。」

「怎麼發現人數增加的？海關？」柳浥晨提問。「人數增加的話，一下船很快就會被察覺吧。」

「這就是神奇的地方，海關壓根沒發覺到人數的異常，他們以一種詭異的鬆散態度放行了每一個上岸者，而其他乘客更不可能發覺人數的異動，畢竟船上載客量達三千多人。之所以會曝光，是因為一名小偷。」

蜃煬將檔案翻到下一頁，出現一名神情陰鬱的中年人的照片。

「帕羅・蓋洛先生為了行竊，假裝成代班的服務生混上船，並且在登船的第一天查探好每間臥房裡住的賓客及空房間的位置。但是，到了第二天夜晚，他正要行竊時，他發現空著的房間裡全都住了人。」

一開始這位竊賊先生以為是自己記錯，但是記錯一、兩間還有可能，記錯十間就不太尋常了。而且，房間裡的人都不邁出房門一步。

出於好奇，在第四天的夜裡，他偷偷地前往那些房間的樓層，並把耳朵貼上了其中一扇房間的門——

「裡頭傳來詭異的獸鳴聲，他無法形容那是什麼樣的叫聲，那是他從未見過從未聽過的野獸嘶吼，還有吵雜的交談聲。」

蜃煬笑了笑，「他以為這艘船在走私保育類野生動物，畢竟有錢人最愛豢養珍禽異獸。小偷先生在最後一天偷竊某位貴婦的珠寶時被逮到，送到警局。剛才那些資訊便是他在警局時抖出來的，他以為說出這些情報能夠換取減刑。人呀，真的不該自以為聰明吶。哈哈哈！」

「那個小偷呢？」

「送入警局後沒多久就被保釋出獄了。但是保釋者的身分是假的，查無此人，那位小偷也從此不知去向。不過呢！」蜃煬故作神祕地將手伸入檔案箱裡，拿出一個玻璃瓶，獻寶似地擺到眾人面前，「噹啷！請看！」

瓶子裡裝著一塊米白色的貝殼狀物體。

「這是什麼？」封平瀾好奇地湊上去看。「白巧克力嗎？」

宗蜮瞥了瓶子一眼便認出那東西，「會厭軟骨……」

「答對了！」蜃煬笑望向宗蜮，「教過的東西你都記得呢……」

宗蜮再度撇過頭。

「在警局附近的巷子裡找到的，」蜃煬笑著繼續開口，「真是徹底被『滅口』了呢。」

眾人看了看檔案裡的照片，又看了看小瓶子裡的骨頭。

「希望他死得很快……」墨里斯低語。

對帕羅・蓋洛而言，這已是最好的祝福。

「所以，你們的任務就是潛入郵輪，調查亞可涅號上有什麼祕密，把情報帶出來回報就可以了！」

「這任務真的需要動用賞金獵人嗎？為何肯定竊賊的死和召喚師有關？」柳浥晨提出質疑，「說不定他真的是因為發現郵輪走私保育類動物而被滅口，畢竟權貴分子和黑幫掛鉤也不是罕見的事。況且，除了新任負責人的接任方式和來歷有些可疑外，郵輪本身並不需要特別派召喚師前往調查，讓一般的警察去處理就夠了吧？就算真的和召喚師有關聯，這樣的偵查頂多是D級任務，有必要出動這麼多人嗎。」

「D級？哈哈。」蜃煬雙手搭上檔案箱，將箱子轉了一圈，印著「S+」字樣的標籤展示在眾人面前，「看到了嗎？這可是目前你們遇到最高等級的任務喔！」

「只是潛入郵輪探查而已，為什麼會是S+等級？」

「難道有召喚師在任務中傷亡？」

「你隱瞞了什麼資訊沒告訴我們？」

「目前協會掌握到的訊息就那些囉。」蜃煬勾起意味深遠的笑容，「S+代表的是執行時的難度，未必是任務本身的困難度。像三．五吋軟碟裡存了個貪食蛇的遊戲，要破關遊戲本身並不難，但是困難的是你要找到能插三．五吋軟碟的電腦。」

眾人還是茫然。

「如果任務本身並不困難，那難處在於什麼？」

「在於執行者的資格。」

蜃煬像是獻寶一般，從檔案箱裡拿出一張文件，文件上蓋了好幾個官印，紙張上的黑色粗體字，給人濃厚的警示意味。

「這張是上層發下來的禁令，禁止一切隸屬協會的召喚師登船。因為『表界金字塔尖』的那些大佬施壓了。不曉得為何，幾個跨國企業財團和重要政治人物都直接或間接表示，不希望有協會召喚師來『打擾』這艘船上的貴賓。有些人的官銜還頗大呢。」

「理由是什麼？」

「他們說，前一次的航程，因為某位召喚師乘客的行為，使得其他旅客不太愉快……哈哈哈！」

蜃煬說到一半，自顧自地笑了起來，沒人知道他在笑什麼。他笑了一陣之後，才繼續開口。

「似乎是某個蠢貨在調查時驚動到船上的賓客，剛好那些賓客的身分來頭不小，所以賀爾班家族便透過第三者，『委婉』地表達訴求，他們想要保留一塊私人空間不被召喚師打擾，所以禁止任何協會的召喚師上他們的船，直到他們願意解除禁令為止。」

「真夠跩的。」伊凡輕笑。

「既然不准召喚師登船，那我們可以接下任務嗎？」封平瀾不解。

「正確來說，目前似乎只有你們可以接唷。」蜃煬笑著伸手指了指封平瀾一行人，

「你們還是學生，不算是正式召喚師，也尚未正式隸屬於協會，所以完全沒有違反賀爾班家族提出的禁令喔。」

要鑽法條漏洞，沒有人比執法者更擅長吶。

「就算我們資格符合，但需要派那麼多人去處理這麼簡單的案件？」伊凡皺眉，似乎對任務內容感到無趣，覺得自己被小看了。

「如果亞可涅郵輪真的那麼單純的話，他們就不會禁止召喚師上船了啦。」封平瀾笑著點出。

「沒錯！」屋煬用力拍手，然後撐著頭，用略微惋惜的語氣笑道，「說實在，我還頗喜歡你的吶。」

不過，他更喜歡看戲。看這場自己一步一步引出的鬧劇、悲劇。

「謝謝喔！哈哈哈！」封平瀾不好意思地抓了抓臉。

「原本這只是個小案件，放在那裡完全不會有人留意。前一個召喚師不知道是出於什麼理由上船，意外驚動到賀爾班的人。而賀爾班如此大動作地禁止召喚師登船，也驚動了協會。」

蜃煬越說越興奮，笑得樂不可支，「兩方的人彼此打草驚蛇，真的太有趣了！」

「如果這任務的潛在危險性那麼高，只派我們去沒問題嗎？」柳浥晨質疑。

「確實如此。」一直安靜站在一旁的殷肅霜開口，「所以，我和瑟諾會和你們同行。」

「什麼?!」眾人震驚。

但封平瀾詫異的不是班導要同行的事。

不是說召喚師不能同行？班導和瑟諾老師不是召喚師嗎？難道他們是妖魔？那，他們的召喚師是誰？

「只有這兩個選項嗎？」柳浥晨詢問，似乎很不喜歡這個方案。

「名義上，我是你們出任務時的保證人兼監護者，所以必定得去。」殷肅霜漠然地看著柳浥晨，「如果不讓瑟諾同行的話，另一個候補人選是葉珥德——」

「瑟諾老師很好。就決定是他了。」柳浥晨果斷決定。

接下來，蜃煬又交代了些細節和注意事項，然後拿了份表格交給殷肅霜填寫。其他人便趁這空檔翻閱任務基本資料。

宗蜮則是偷偷地拿出檔案箱裡的玻璃瓶。

「那個是證物，不能外借喔。」蜃煬笑著開口，「你如果喜歡，我送你另一個。你想要腦部的切片嗎？我可以幫你現切一份，順便夾幾片醃黃瓜和芥末醬，哈哈哈哈！」

宗蜮臉色一沉，「不需要……」他低頭將玻璃瓶放回檔案箱。

蜃煬苦笑，轉過頭，發現封平瀾正站在櫃檯邊探頭探腦，好像在尋找什麼似的。

「在看什麼呀？」蜃煬撐著頭，慵懶地發問，「想要帶點紀念品去送你的愛人嗎？」

「喔！不是啦！」封平瀾抓了抓頭，然後有點猶豫地開口提問，「那個……你不喜歡植物嗎？」

「什麼？」蜃煬挑眉，對這問題感到不解。

「喔喔沒事啦。」封平瀾尷尬地笑了笑，「只是隨便問問。哈哈哈哈！」

蜃煬輕笑，「你累了嗎？」

他伸手從一旁的桌面撈來了一個色彩鮮豔的塑膠罐，打開，裡頭裝滿了半透明的鮮黃色糖果，「吃一個吧。」

「噢，謝謝耶！」

封平瀾伸手拿了顆糖，丟入嘴裡。一秒後，突然臉色大變，發出了一陣痛苦的呻吟，雙手摀住了嘴。

眾人被封平瀾的異常吸引注意，同時回首。

「怎麼了？」

「噎到了嗎？要幫你哈姆立克嗎？」

「什麼是哈姆立克？」墨里斯好奇。

「就是往他橫膈膜的位置用力揍一拳。」伊凡認真地回答。「打到他吐出喉嚨裡的窒塞物。」

「噢噢，那簡單。交給我吧！」墨里斯摩拳擦掌，看起來躍躍欲試，沒留意到伊凡露出狡黠的笑容。

慢著！這樣會死人啊！

封平瀾趕緊舉起手，制止同伴進一步的動作。他的眼眶充滿了淚水，看起來在忍受極大的痛苦。

幾秒後，含糊不清的話語從手掌底下的嘴裡發出。

「……好……酸……喔……」

柳浥晨看向桌面上的糖罐一眼，沒好氣地吐槽，「罐子都寫著『整人糖』了，你吃之前不會注意一下嗎？」

「我……下次……會注意……」封平瀾整張臉揪在一起，忽地轉而變為驚喜的表情，「嗯！變甜了耶！味道不錯，好吃！」

眾人看著封平瀾，搖頭。

「哈哈哈哈哈哈哈哈！」爆笑聲從櫃檯邊響起。

蜃煬趴在桌上，大笑不止，笑得非常瘋狂，讓人感覺像是精神錯亂了一樣。

「有、有這麼好笑嗎？」封平瀾不好意思地抓了抓頭。

蜃煬又笑了好一陣才坐起身，用袖口擦去眼角的眼淚，深吸了一口氣，調整呼吸。

看著封平瀾，他由衷地開口，「我真的真的很喜歡你。謝謝你帶給我這麼多娛樂。」

「喔，不用客氣啦，哈哈哈！」封平瀾不好意思地抓了抓頭。

殷肅霜填完表格後，便領著社團研的成員們離去。

蜃煬笑著揮手送別，但他的目光始終停留在奎薩爾身上，眼裡的笑意，帶著深深的戲謔和嘲諷。

奎薩爾無視對方，像是什麼事也沒發生，有如旋風般，逕自融入影中離開。

蜃煬笑的，不是封平瀾的反應。

他笑的是，他發現了一些祕密。

當封平瀾吃了糖、發出哀吟的那一瞬間，只有他知道，地面上的影子圈住了他的咽喉，化作尖刺，抵上他的背，隨時會穿破肌膚、釘上他的心臟。

啊呀呀……怎麼辦，太有趣了。

他已經迫不及待看接下來的劇情發展了吶。

第二日到校時，封平瀾的抽屜裡出現了第二封信。

封平瀾和夥伴們再一次鬼鬼祟祟地跑到樓梯間，像是偷抽煙的屁孩國中生一樣，小心翼翼地拿出信。

一樣是典雅的淺色系水墨風格信封，上頭以可愛的圓體字寫著「封平瀾 收」，拆開信，有如絲綢般魅人撩魂的成熟香氣撲面而來。打開信封，渾圓可愛的字體映入眼中。

致有如寒冬夜裡的熱可可的你：

很想知道你收到信後的感想，又擔心你看到信後會生氣或不愉快……真希望剛好有隻小鳥兒飛入你的教室裡，趁你不注意時把信銜走>W<

其實我是個很害羞內向的人（真心不騙），寫信給你是我這輩子做出最大膽的事了！昨天夜裡我輾轉難眠，但不是因為思念你，而是苦惱你的答覆。我現在還沒勇氣親耳聽你親口回應。不管是YES或NO，兩種答案都會讓我心臟負荷不了。

如果你對我的感覺是正向的，請你準備黃色的布幔和白色的百日菊。美國民謠裡，繫上黃絲帶代表思念與期待相見，而白色百日菊象徵著純潔與高雅的感情。

希望你能把這兩樣東西，在後天中午，擺在校園西隅的活動中心一〇三教室裡。我看見之後，就明白你的心意。

淘氣、靦腆、愚蠢的仙度拉　敬上

PS.請不要留下來偷看我的樣貌。被看見真面目的話，我會像童話裡的白鶴飛走。

封平瀾讀完信，眾人再度沉默。

這位仙度拉同學，病得不輕……

柳浥晨第一個忍不住開口，「這女的有事嗎？這是什麼要求——」

蘇麗綰輕輕地拉了拉柳浥晨的袖子，搖了搖頭。但她的臉上，也掛著擔憂和困惑。

「好特別喔！她真有創意耶！」封平瀾讚賞不已，看著信頻頻點頭。

柳浥晨等人互相交換了個眼神。

算了，當事人高興就好……先別戳破他的美夢吧。

「如果她已經失眠許久的話，我們只要看校內哪個人面色蠟黃、眼泛血絲並有厚重黑眼圈，就能找到這位仙度拉了。」璁瓏推論。

「照你的標準，電競社所有社員都有可能是仙度拉。」伊凡吐槽。

封平瀾沒注意同伴們的話語，一逕痴痴地盯著信紙傻笑。

當天影校的課程，封平瀾等人遲到了，因為學校附近沒有布莊，他們找了好幾處才找到賣布的店。

封平瀾一口氣買了十碼，長長的布料捲成一捆，相當厚實。

「你買這麼多幹什麼？她又沒寫說要多少布。」

「就是因為沒寫所以才要更謹慎呀！要是布太短害她心碎怎麼辦？我可不想再害無辜的少女輾轉難眠呀！」

次日，封平瀾向瑟諾要了兩盆白色百日菊。

他本來想付錢的，但是瑟諾不收。

「啊？這樣不好意思耶，上次已經白拿你的盆栽了！」

瑟諾抓了抓凌亂的頭髮，思考片刻，「不然，你來幫我打掃辦公室好了。」

「沒問題！」封平瀾還沒開口，同行的冬犽早已一口答應，眼中充滿了躍躍欲試的興奮火花。

再次日，到了信中約定的日期。

封平瀾一大早就騎著腳踏車到校，把寄放在瑟諾溫室裡的兩盆花朵和布匹搬到活動中心。冬犽和蘇麗綰本想來幫忙，但封平瀾堅持要親自布置，聊表心意。

他先搬動桌椅，接著裁布，掛布，擺上鮮花。經過一番手忙腳亂之後，大功告成，布置完畢。

寬敞的教室裡，桌椅被排成了笑臉，兩盆花擺在眼睛的位置，看起來就像是兩粒眼珠，一段段黃布綁成一個個蝴蝶，環繞垂掛在四面的牆壁上。

封平瀾看著自己的傑作，甚是滿意。

仙度拉同學看到的話應該會很感動吧！他真心希望，寫信給他的天真女孩能開心。

真期待收到她的回應呀！

然而，在收到仙度拉的回應之前，封平瀾先收到了班導的回應。

下午第二節課進行到一半時，封平瀾接到通知，被叫去導師辦公室。

在那裡等著他的，是一臉怒容的學務主任和班導。

「活動中心一〇三教室，是你弄的？」主任厲聲質問。

「喔，對啊——」

「你和家長會長有過節嗎？這樣惡整中年婦女很有趣嗎？」

「啊？家長會？」封平瀾一頭霧水。

「你少裝傻！我們有好幾個人證看到你早上進出一〇三教室！」

「我是去了沒錯，可是這和家長會有什麼關係呀？」

殷肅霜看出封平瀾的困惑，便開口詢問，「你為什麼把會議室弄成那樣？」

「呃，為了回應少女的心願……」封平瀾抓了抓臉，「怎麼了嗎？我照規定填了教室使用表，難道沒收到嗎？」

「那個空間早就登記外借給家長會舉辦歲末聯歡活動，怎麼可能借給學生！」主任破口大罵。

殷肅霜淡然開口，「你不知道？」

「我不知道啊！」封平瀾詫異，「可是，既然是聯歡活動，我的布置也很歡樂活潑呢！他們不喜歡黃色嗎？」

主任以為封平瀾在耍嘴皮子，怒不可遏，「你開什麼玩笑——」

殷肅霜感覺事有蹊蹺，打斷了學務主任的話語。「你把教室布置成怎樣？有拍照嗎？」

「沒耶。」封平瀾比手畫腳地敘述自己的擺設。

「根本不是你說的那回事！」學務主任駁斥。

「啊？不一樣嗎？」封平瀾不明所以地抓了抓頭，「難道是花謝了？」

看著一臉茫然的封平瀾，殷肅霜嘆了口氣，「你自己去看看吧。後續處分我會再通知你。」

封平瀾錯愕。

「處分？」怎麼會這麼嚴重？「會長不喜歡黃色嗎？」

「先去把那些布置撤下再說。」

抱著疑惑，封平瀾前往了活動中心一〇三教室。

拉開門，一片鮮黃映入眼中——但是，和他早上布置的完全不同。

綁好的蝴蝶結全部被解開，一條一條寬布垂下，像是帳幕般將教室四面包圍。

桌椅排成的笑臉消失，他的兩盆白色百日菊正擺在講臺上，然後黑板上貼著聯歡會的海報，海報上印著會長的特寫。

當天下午一點，當學務主任領著一群貴氣逼人的媽媽太太們進入教室時，歡鬧和諧的笑語聲瞬間凍結。

黑板上的會長半身肖像，笑得非常燦爛，給人音容宛在的感覺。相較之下，海報前的會長本人則有如地獄裡的修羅，散發著驚人的怒意。

學務主任趕緊安撫家長會成員，將之安置到另一間空教室，接著火速調動人馬，查出今早進入過教室的人。

封平瀾看著空蕩蕩的教室，抓了抓臉。

啊呀，怎麼變成這樣咧……

他環視整間教室一圈，然後看向黑板上的會長肖像，苦笑。

「你的布置被改成靈堂的樣子？」

「不是靈堂啦，只是看起來剛好有點像靈堂而已，畢竟家長會長還健在嘛，哈哈哈哈！」

相較於同伴的嚴肅，封平瀾的態度顯得相當輕鬆，像是在敘述一件事不關己的趣事。

「班導怎麼說？」柳浥晨追問，「需要我們幫你做證嗎？」

「班導後來幫我澄清了，只是要寫張自述表做個紀錄。」封平瀾晃了晃手中的表單，「他說我在觀察期，這陣子皮繃緊一點，撐過期末就沒事了。」

眾人鬆了口氣，但是對於封平瀾的遭遇，仍心有不平。

「會不會是那個仙度拉弄的？」伊凡直接說出許多人的疑惑。「也只有她和我們知道你去布置一〇三教室。會寫那麼詭異的信的人，本身就十分可疑──」

伊格爾輕嘆了口氣，從伊凡的身後伸出手，繞到前方，輕輕地摀上伊凡的嘴，制止他發言。

伊凡發出悶哼，仰頭望向伊格爾，看見伊格爾對他微微搖頭，便不滿地低咒了聲，賭氣地輕咬了伊格爾的手指一記，才乖乖閉嘴。

平瀾抓了抓頭，看起來有點苦惱。「是這樣喔？」

「可是教室門沒鎖的話，從早上到中午這麼長的時間，要進出犯案很容易。」蘇麗綰出聲為仙度拉平反。

倒不是她相信對方，而是她不忍心看封平瀾失望。

封平瀾惋惜地道，「比起猜測是誰從中做亂，我更在意的是，仙度拉同學是否看到我的作品。」他看了一下錶，「噢，快打鐘了，我先去向主任報到。晚點見啊！」

封平瀾離開以後，伊凡信誓旦旦地開口，「他一定被整了。」

「但又未必是那個淘氣又愚蠢的仙度拉做的。」璁瓏悠哉地啜著牛奶。「不曉得仙度拉有沒有玩水族箱，我想看她的蚌殼打開之後裡面有什麼東西。」

柳浥晨挑眉，「你知道你剛才講了很低級的話嗎？」

她望向封平瀾的契妖們。

百嘹滑著手機，用通訊軟體同時和好幾個女孩子聊天，對這話題不怎麼感興趣；墨里斯靠在牆邊，漫不經心地把硬幣對折再扳平；冬犽雖然坐在一旁看似參與話題，但是反應相當平淡。

只有希茉顯得非常熱衷。

「你們怎麼好像不怎麼關心啊？」柳浥晨不解，「封平瀾迷成這個樣子，如果仙度拉真的成了你們的主母怎麼辦？」

「呃……」

面對柳浥晨突然丟出的疑問，眾妖一時愣愣，不知該如何回應。

畢竟，封平瀾不是真的召喚師，沒有什麼門第問題要顧忌。

封平瀾也不是他們的主子，所以他們並不需要擔心對方的選擇是否會影響到自身未來的權益。

況且，就算封平瀾和仙度拉同學真的走向紅毯，那時，他們應該早已不在人界。

「未來還有很多變數，現在不必庸人自擾。」冬犽微笑著給出了個合理的解釋，「現在我們該關注的重點，應該是誰在作弄平瀾？」

「說……」細小的聲音插入對話。只見希茉怯生生舉起手，「說不定是喜歡仙度拉的人做的……」

「為什麼？」

「為了阻止她和平瀾在一起。」希茉眼裡閃著興奮的光彩，「暗戀仙度拉同學的，說不定是個有錢又叛逆的富二代，經常以欺負仙度拉為樂，但其實那是他表現愛和關心的手段。富二代沒想到仙度拉會愛上平瀾，占有欲極強的他便強擄監禁仙度拉，讓她成為自己的禁臠，日夜凌辱……」

「所以我們現在是要報警嗎？」璁瓏發問。

「當然不是！」希茉駁斥，「仙度拉會在對方的調教與凌虐下，漸漸沉溺於肉體的歡愉。她本來以為她恨那男人，但是當對方放她自由時，她卻發現自己早以被對方那瘋狂執著的熱愛給動搖了內心……」

「煩死人了，這什麼發展！」柳浥晨皺眉。

「現在瞎猜也沒什麼用。」蘇麗綰客觀地開口，「先看看對方會有什麼回應再說吧。」

Chapter4

吃飯要人餵食、走路要人牽引、有時會忘了回家、有時會問些無法回答的問題——這不是失智老人，是情侶

次日一早，封平瀾和契妖們比平時早半小時到校。

抵達時，班上只有一、兩個學生，都是住宿生。

本想提早守株待兔，但是當封平瀾彎腰探向抽屜，發現裡頭已躺著一封粉藍色的信。

「哇，她還是比我們早一步。」封平瀾讚嘆，「真厲害耶！」

「這女的到底多早到校啊？」璁瓏皺眉，轉頭詢問其他早到的同學，「剛才有別班的人進來過嗎？」

「沒看到。」

「會不會是校隊的人？」墨里斯猜測，「校隊要晨練，都會提早到校。」

「也有可能是住宿生。」

封平瀾迫不及待地拆開信封。

致有如春日下午茶一般甜蜜又溫柔的你：

謝謝你為我做的一切！我真的太感動了！

我坐在那美好又窩心的空間裡，細細體會品味你的巧手與貼心，一邊吃著午餐，一邊想著你。因為你的關係，使得乏善可陳的食堂便當都變得可口美味了。

我十二點半先離開，本來想在下午時再過來一趟，但聽說家長會長來過，也聽說你被罵的事了。我真的很難過，到底是誰那麼惡劣。心，真的很痛……

希望你一切安好，希望這件事不會使你對我產生負面的想法。（超擔心……）

心急如焚卻依然淘氣、愚蠢的仙度拉　敬上

「還是一樣不知所云……」

璁瓏搖了搖頭，然後赫然發現，封平瀾的臉紅到像是毛孔要噴出血，「你還好嗎？」

「這次的信太露骨了，人家會害羞啦，哈哈哈！」封平瀾用信紙扇了扇臉。

「哪裡露骨了？」

「……哎唷，我不好意思說啦！」封平瀾欲拒還迎了一陣，最後還是說了，「昨天的營養午餐，飯後水果是香蕉。她說她邊吃著午餐，邊想著我……這進展太快了啦哈哈哈哈哈！」

眾妖看著發花痴的封平瀾，臉色一沉。

冬犽耐著性子溫柔地詢問，「……你看完這封信沒有別的想法嗎？」

「喔，有啊。」封平瀾笑著看向信紙，「幸好家長會過去時她已經離開了，不然搞不好會挨罵呢。」

契妖們互看了一眼，無奈地輕嘆了口氣。

中場下課，趁著封平瀾被白理睿拉去販賣部，柳浥晨將眾人召集到通往頂樓的樓梯間，向大家回報自己打探來的消息。

「我剛問了葉珥德，他說昨天家長會的人十二點半到達一〇三教室。如果仙度拉真的是無辜的，那麼十二點到十二點半之間，短短的三十分鐘裡，惡作劇的人把教室改造成靈堂的樣子，會不會太有效率？」

神祕的仙度拉，越來越可疑。

「可是，這樣作弄封平瀾有什麼意義？」冬犽不解。

「誰知道，有病吧。」伊凡沒好氣地開口，「之前傑拉德還不是一來就找他碴。」他看向海棠，「喔，還有你也是。」

「我是光明正大的挑戰，才不用這種偷雞摸狗的伎倆！」海棠怒然反駁。

「傑拉德是敵對方，他的心態還算可以理解。」柳浥晨分析，「而且傑拉德也是直接動手，而不是用這種方式作弄人。」

「所以，仙度拉這樣躲在暗處整人的目的到底是什麼？」

雖然極有嫌疑，但是一談論到動機，卻又變得無解。

「明天再來看看吧。」柳浥晨提議，「我打算六點就過來堵人。」

她一定要親眼看看到底仙度拉是何方神聖！

第二日。清晨六點。

校舍一片昏暗，沒有一間教室是亮著的。

柳浥晨等人在晨曦始綻時，便殺到了教室裡。

「我躲在講臺，你們到其他地方埋伏，走道兩邊也各派一個人守著！」柳浥晨一踏入教室，便開始分配任務。

「不用躲了。」

眾人回首，只見站在封平瀾桌邊的蘇麗綰，手中正拿著一封水藍色的信。

柳浥晨咒罵了聲，走向蘇麗綰，接下對方手中的信，遲疑了兩秒後，拆開信。

「那是平瀾的私人物品——」蘇麗綰制止。

「反正他會讓我們看。」柳浥晨拿出信，開始朗讀，「致有如春雨一般滋潤萬物的你。不只偉人會受上天考驗，偉大的情感也會屢遭磨難……叭啦叭啦，廢屁廢屁，中間省略——呃！」

柳浥晨唸到一半，忽然中斷。

「怎麼了？」

「這女人要封平瀾在後天中午前，用玫瑰花繞著露天展演廣場擺出一個大愛心。」柳浥晨皺起眉，「這要求比前一個更過分。」

「這女的太誇張了，根本得寸進尺。」

「要把信放回去嗎？」蘇麗綰不安地詢問，「平瀾很可能會照做。」

柳浥晨握著信，猶豫了許久，最後咬牙，把信折好放回信封，然後將信放回抽屜。

「小柳？」蘇麗綰有些訝異，她以為柳浥晨會出手阻止。

「這是他的問題，我們無權插手。」

她厭惡別人插手干涉自己的人生，自以為是地幫她做選擇，所以她不會讓自己成為自己討厭的那種人。

「即使知道是陷阱，妳寧可眼睜睜地看著他往陷阱裡跳？」百嘹輕笑，「我更欣賞妳了。」

「如果他決定往陷阱裡跳，」柳浥晨認真地開口，「我們就陪著他跳，然後再一起把他拉出來。」

「真有趣的論點。」百嘹挑眉，「人類的溫柔和愚蠢，我一直分不太清楚呢，呵呵。」

一個多小時後，當封平瀾抵達教室，讀完信後，露出了略微苦惱的表情。

「啊呀，真是個愛撒嬌的小傢伙。」

「你打算回應她的要求？」璁瓏好意提醒，「要我告訴你露天展演廣場的直徑是多少嗎？」

「噢，我沒那麼多錢啦，玫瑰花很貴。而且剪下的花兒很快就會死。」能夠繞滿整個廣場的玫瑰量可不小，瑟諾也沒有那麼多玫瑰盆栽可以提供給他。

「那你打算放棄囉？」眾人眼中亮起希望。

「怎麼可能！」

封平瀾笑著否認，接著揚起情聖般的笑容，「我怎麼能讓淑女的期待落空，這可不是紳士該有的行為。」

「對方也未必真的是淑女啊……」伊凡嘀咕。

「的確，她有時頗狂野的。」封平瀾看著信，臉再度潮紅，然後痴痴傻笑。

「那你打算怎麼做？」

封平瀾勾起神祕的笑容，「我有替代方案。」

早自習結束的下課，封平瀾到美術社買了一堆紙，剪出花瓣，然後黏起，組裝成一朵一朵的花。

起先他打算自己完成，但蘇麗綰立即表示願意幫忙。

過沒多久，希茉和冬犽也加入了協助的行列。

接著是柳浥晨、伊格爾。

宗蜮對封平瀾的戀情發展毫無興趣，但他看到封平瀾等人做出的花之後，一時技癢，便也參了一腳。

宗蜮做出的每一朵花都栩栩如生，只是看起來像是種在凶案現場，被濺上了觸目驚心的血跡。

到了第三節課，低頭做紙花的人數，增加到了十人。

「你看我做的。」璁瓏拿出自己的作品獻寶。

紙張被凹折成幾個塊狀物，不規則地黏在一起，上頭插了幾根歪曲的紙棒。整個作品被塗上繽紛的色彩。

「這什麼東西？」封平瀾好奇地打量。

「彩石珊瑚啊！放在水族箱裡很好看。」璁瓏露出一臉「真受不了外行人」的表情，「這個可要十個元寶才能得到。」

「這樣喔，好像很厲害。」

「那我再去做一個！」

「呃！」

「等等。」冬犽伸手搭住璁瓏，微笑著遞給他剪刀，「紙張有限，不要浪費，你還是幫忙剪紙吧。」

「可是——」

「去剪紙，好嗎？」雖著笑著詢問，但語調裡帶著無庸置疑的命令。

璁瓏識相地接下剪刀，但嘴裡仍不滿地抱怨，「……墨里斯還不是在折牛角麵包。」

坐在前方的墨里斯聞言，怒然轉頭，「這是貓！」

他的桌面上，疊了好幾個帶著銳角的扭曲圓紙球。

冬犽再度微笑，「你們，都去剪紙。」

墨里斯瞪了璁瓏一眼，乖乖地接下剪刀。

看著儼然已變成半個家庭代工廠的教室，百嘹露出輕笑。

明明知道是謊言，卻裝作不知，笑著將對方推入美麗的陷阱裡。

比起直接戳穿謊言，何者比較殘酷？

說謊者和圓謊者，哪一個比較自私？

充滿期待的美夢，一旦被現實砸破，那會有多麼難堪？呵呵……

他很喜歡看人類將自己推入矛盾之中，作繭自縛地掙扎。

可悲得有趣。

校園另一隅，綜合大樓B棟，位在寬敞社團教室內，獨立隔間的華麗私人休息室。

「情況如何？」

空間裡只有一人，但她卻不自覺地壓低了聲音，與電話彼端的人交談。

「他的同伴和契妖似乎起疑心了。不過本人好像還是深信不疑，而且為了後天要求做準備……」

「很好。」

「……那個……」話筒傳來猶豫的語調。

「怎麼了？」

「你們有必要做到這樣嗎？只是為了報復那些微不足道的小事，弄到這樣真的頗難看的……」

「你懂什麼！社團研帶給我們的那些羞辱可不是小事，而且這也不只是報復，這事關我們自身的權益，包括你未來的權益！你有辦法進入協會預選生名單再來批判我！」

話筒傳來一陣無奈的嘆息，「隨妳吧。」

深夜。雪白的洋樓被染上夜色，變得灰黑。

三樓的一個房間仍亮著燈，彷彿睜了一隻眼，窺伺著無盡的夜。

封平瀾坐在書桌前黏著紙花。他的腳邊堆了兩個飽滿的大塑膠袋，裡面裝著一球球的紙玫瑰，那是眾人合力的成果。

雖然已經累積了不少，但是若要繞滿整個展演廣場，仍嫌不夠。他不想麻煩大家太多，所以便獨自挑燈夜戰。

封平瀾邊哼著不成調的歌，邊黏著花瓣。

有人喜歡他耶，嘿嘿嘿……而且是個有趣的女生，真是太好了！

活了十七歲，第一次有人向他告白耶！

他真的覺得，高中生活太美好了！

有帥氣強大的契妖，有志同道合的夥伴，有刺激的冒險，現在還有人喜歡他！

他根本是人生勝利組了嘛！哈哈哈！

想到這裡，封平瀾忍不住傻笑出聲。

——這麼幸福可以嗎？他配得上嗎？

另一個聲音，從心底響起，像針一樣冷不防地刺入他的思緒。

封平瀾笑容停頓。他盯著手裡的紙花，悵然若失地發愣。片刻，嘴角再度揚起笑容。

可以的！

他這樣篤定地告訴自己。

因為這些幸福美好的事，最終都會消失，不會長存。

所以在故事終止之前，他可以盡情地享受這些短暫的幸福，完全不需要心虛，也不用擔心是否會失去，畢竟結局早已注定。

他早就習慣一個人，就算失去，也只是回到以前的狀態而已，沒什麼大不了的。

封平瀾折著花，忽地感覺到一股異樣。

他停下手邊的動作，轉過頭看向身旁的牆，看向隔在奎薩爾與自己房間中央的那道牆。

莫名地，他突然有種感覺。

他感覺到奎薩爾的存在，感覺到對方就在牆的另一側。

封平瀾走向牆，然後耳朵貼上冰冷的牆面。

沉穩的腳步聲透過牆板傳來。

「哇！」封平瀾發出一聲驚喜的輕呼。

奎薩爾回來了！他真的在！

牆面彼端的動作聲停頓，似乎是察覺到了那陣輕呼。

封平瀾作賊心虛地趕緊坐回原位，繼續聚精會神地黏他的花。

這樣的舉動根本多此一舉，畢竟，這裡是他的房間，奎薩爾又不可能進來，他其實可以繼續偷聽的——

下一刻，那股異樣的存在感再次傳來，而且更近、更強烈。

封平瀾微微一震。

他感覺到奎薩爾就在他身後。

有可能嗎？會不會是他自己想太多？

他又沒有心電感應，況且奎薩爾也不可能進他房裡。

只要回過頭，就能得到答案，但他不敢回頭，他怕自己一回頭，奎薩爾就會消失。

雖然奎薩爾也有可能一開始就不在，這一切都是他的幻想。

只要不回頭，奎薩爾便有可能存在，也有可能不存在。

好像薛丁格的貓呀……

腦中浮現了奎薩爾長出貓耳的樣子。封平瀾忍不住輕笑出聲，然後立刻緊張地收住笑容。

他一邊黏著紙花，一邊分神觀察著那股異樣感。

幸好，還在。

封平瀾暗暗地鬆了口氣。

連續黏了幾朵花，什麼事也沒發生。

他越來越篤信那股感覺是自己幻想的產物，但卻又那麼強烈。

奎薩爾真的在後面嗎？

他想做什麼？

有沒有可能，奎薩爾並不打算做什麼，只是想這樣守在他身邊？

封平瀾再度笑出聲。

不可能。

另一朵紙花完成，桌上的花瓣已用盡。他拿起剪刀，開始剪紙。

看著亮晃晃的剪刀，潛意識裡，一股惡作劇的念頭閃過，連他本人都沒有察覺到的念頭，慫恿著他做出試探的舉動。

捏著紙的指頭，不自覺地向前伸了一些，不偏不倚地橫在刀刃鍘下的軌道上。

封平瀾漫不經心地往下剪。

握著刀的手上，出現了一道黑影，影子有如繩索般制住他的動作。打開的剪刀停在空中，並未裁下。

封平瀾愣了愣，轉頭，發現奎薩爾正站在自己身旁。

「奎薩爾！」他驚喜不已，為了自己的第六感確實靈驗，為了奎薩爾的出現。

「……你是故意的？」奎薩爾冷聲質問。

他站在後頭觀察一陣子了。

他極度懷疑封平瀾早已知道他的存在，只是故意裝傻，甚至想用些小手段引誘他。

他不喜歡被人愚弄的感覺。

「啊？故意什麼？」封平瀾不解，但他心裡閃過了一絲心虛，趕緊扯開話題，「奎薩爾你來找我有事嗎？啊！當然！沒事的話也沒關係！你隨時可以自由進出這裡！想待多久都無所謂！」

奎薩爾冷眼看著封平瀾。

他會過來是因為聽見了那陣驚呼。他以為封平瀾出了狀況，所以默默地潛入影子，來到房裡窺看。

他一進房，就看見封平瀾僵硬而不自然地坐在桌前。

封平瀾以為自己的偽裝非常完美，但看在奎薩爾眼中，破綻百出。

他知道封平瀾知道他來了。

但他不懂，聒噪的封平瀾為何默不作聲，假裝一無所知。

封平瀾看著奎薩爾，小心翼翼地詢問，「奎薩爾……你是餓了嗎？」

奎薩爾皺起眉，像是被冒犯。

「呃！我只是想說你已經一陣子沒吃東西了，所以——」

「我有。」

「啊？」

「蜃煬有門路提供我血袋。」奎薩爾漠然地解釋，「並不是非喝你的血不可。」

雖說如此，但封平瀾的血，帶給他的生命力最豐沛，味道也最為甘美。

他必須克制，以免上癮，以免在不自覺的情況下，將這脆弱的生命體吸食殆盡。

封平瀾愣了一秒，然後笑著開口，「噢噢，說的也是！一直吃一樣的東西也會膩嘛，多換換口味也好！哈哈哈！」

封平瀾雖然一副坦然開朗，但奎薩爾沒看漏對方眼底的失落。

「真空包沒有現榨的好喝吧？如果你有需要的話，隨時可以——」

「我需要什麼，我自己知道。」奎薩爾冷冷地打斷。

他必須盡量斷絕和封平瀾之間的聯繫。

因為他發現，封平瀾似乎在一些他沒預料到的地方，對他產生了他沒預期到的影響。

「噢噢！好的！」封平瀾笑著回應，停頓了一瞬，接著有些猶豫地輕聲詢問，「……那你還需要我嗎？」

「……目前是。」

奎薩爾刻意以比平時更加冷漠嚴厲的態度回答，「你是我們留在人界的憑據。在找到雪勘皇子之前，你是不可或缺的工具。」

然而，殘酷的答案，竟讓封平瀾的臉上，綻起了安心的燦爛笑顏。

「真的嗎?!」封平瀾抓著花，雙手捧頰，不可置信，像是得知自己得了后冠的選美女王，「太好了！」

那過分燦爛的笑容，讓奎薩爾覺得刺眼。

不僅刺眼。內心深處，也燃生了一股扎刺感。

他以複雜的眼神看了封平瀾一眼，接著旋身，遁入影中，

封平瀾看著空蕩蕩的房間，然後又望向牆板。

沒有。那股異樣的存在感已全然消失。

奎薩爾離開了。

他很確定。對方已經離開洋樓了。

真可惜。

不曉得奎薩爾原本打算找他做什麼？

你是我們留在人界的憑據。在找到雪勘皇子之前，你是不可或缺的工具……

嘴角揚起了滿足的笑容。

這麼幸福，真的可以嗎？

他已沒心思多想。

次日，封平瀾扛了一大袋的紙花到校。花朵裝在黑色大塑膠袋裡，因為體積太過龐大不便放在教室，只好移到他處存放。

「班導，不好意思，借我寄放一下呀！」

封平瀾肩上拖著鼓漲的大袋，臉上掛著爽朗的笑容，儼然是來發聖誕禮物的小精靈一般。

他從袋中隨手掏出一朵花，遞到殷肅霜的辦公桌上，「送你一朵玫瑰，祝你和這朵玫瑰一樣永遠綻放！」

被迫接收禮物的殷肅霜，臉上毫無喜色。他漠然地看了看桌上的紙花，接著嚴肅地開口，「你應該很清楚，影校、召喚師，還有契妖的事，必須對外人保密。如果洩露出去的話——」

「噢噢！放心啦。」封平瀾笑了笑，「我知道自己在做什麼。」

當天晚上，影校的課程結束後，封平瀾扛著那一袋的紙花，獨自前往展演廣場。冬犽和蘇麗綰等人表示願意幫忙，但是都被他婉拒了。

封平瀾蹲在廣場邊，一手拿著紙花，一手拿著泡棉膠，將紙花一一固定在石磚地上。

進行到一半時，他才發現花朵不夠。巨大的愛心只完成了兩道對稱的拋物線，兩條線中途截斷，在末端並未連結。

封平瀾坐在地上，苦惱地抓了抓頭。就算要補做，現在文具店都關了，也沒有材料可買。

看來只好全部拆下，把花與花的間距拉大，或排一個比較小的……

「這兩道弧，是胸部還是臀部呢？」戲謔的嘲諷聲響起，「滿足了她任性的要求以後，你想要換得什麼樣的回報？」

封平瀾仰首，只見百嘹正站在自己背後，漾著笑容瞅著他。

「百嘹！你怎麼來了！」封平瀾驚喜不已，「你是特地來陪我的嗎？」

百嘹輕笑，「我是來看笑話的。」說完，順手將一包東西扔到封平瀾腿上。

封平瀾低下頭，發現那是一大束玫瑰。

一朵朵嬌豔綻放著的玫瑰，緊密地聚在一起，看起來像一球球紅色的火燄。花朵的外層以精緻的金蔥紙包裹，綴以緞帶，看起來價格不斐。

「哇！」他忍不住讚嘆。「你買的嗎？」

百嘹嗤笑了聲，間接否定了這個猜測。

那是別人送他的。中午時，他在動態上隨口說了句：玫瑰的蜜，嘗起來是什麼滋味？傍晚，他便收到了這束花。

「仙度拉什麼也沒做，你竟為她付出這麼多。」

百嘹笑著，彎下腰，伸手捏了捏封平瀾的臉，「我送你禮物，又幫你解決困擾，你會拿什麼來回報我呢？」

「百嘹也想要我用花排成愛心給你嗎？」封平瀾傻笑，向後靠在百嘹的腳上，然後露出自以為邪魅神祕的曖昧笑容，「還是要一起玩大人的遊戲呢？」

語畢，自以為內行老練地眨了下眼睛，伸舌舔了嘴唇一圈，然後抽出枝玫瑰，銜在嘴上。

原本應是性感撩人的舉動，但看起來卻像是覓食中的象拔貝。

百嘹噴笑，接著冷不防地向後退了一步。

失了倚靠的重心，封平瀾整個背向後倒躺在地。

「啊呀！」

封平瀾一陣眼冒金星，後腦勺隱隱發疼。他來不及起身，便感覺到胸前一股重量壓制下來。視線好不容易聚焦，卻看見百嘹一腳踩在自己的胸口上，居高臨下地望著他。

百嘹微笑著，輕輕彎腰，拾起了從封平瀾嘴邊掉落的玫瑰。

「我只對花裡的蜜感興趣，裹在外圍的花瓣再華麗，也只是無謂的包裝。」

衣服、飾品也一樣。

他真正感興趣的，是卸下重重裝扮，剝開層層掩飾，最赤裸、最不堪的真實內在。

「呃，所以……」封平瀾愣愣地開口，「我該擔心我的花還是我的蜜呢？」

百嘹笑了笑。

「我一直對你很感興趣。我以為你的善意帶著目的，是計算衡量過利弊之後的結果。不管是對我們，對海棠，或是對影校的召喚師們，你所付出的每一分善意，最後都加倍回收，你的投資非常精準。為此，我一直深感佩服。」

「那不是投資，我沒想那麼多——」

「——但即便是無關緊要、素未謀面的人，你也願意為對方付出，否定了我過去的假設。這讓我不禁猜測……」

百喙自上而下，盯著封平瀾的雙眼。笑彎了的眼眸依舊是那麼完美迷人，但是眼中閃爍著的惡意，讓封平瀾下意識地想避開視線。

「猜測……什麼？」

「你是不是陶醉在『好人』這個角色裡？這些善行，只是為了滿足你自我感覺良好、名為善人的虛榮心？」

輕柔的話語，吐出的是傷人的重擊。

封平瀾愣愣。一瞬間，他的心臟心虛地跳漏了一拍，彷彿祕密被揭穿。

「啊？什麼意思……」封平瀾不解地抓了抓頭，彷彿苦思無果一般，臉上漾起憨傻的笑容，「百嘹說的話好深奧喔，這和花與蜜有關嗎？哈哈哈……」

忽地，夜空颳起一陣狂風，如鞭子一般揮甩而過，將地上的幾朵玫瑰吹離原位。

「啊！花飛走了！」

百嘹輕笑，移開腳。封平瀾立即爬起身，跑去追逐那被吹遠的花朵。

封平瀾遠離後，百嘹轉頭，望向風起的方向，定睛在廣場邊陰暗的建築物。下一刻，金色的身形一閃，出現在大樓的梁柱後。他手一橫，抵在柱上，擋住了雪白身影的去路。

「晚安。」百嘹笑著詢問攔截到的路人，「這麼晚了？」

冬犽看著輕佻的百嘹，眼中浮現不認同的神色。

「我只是關心平瀾。」冬犽微微蹙眉，指責，「你剛才對平瀾舉動非常過分，說的話也太過刻薄了。」

「這樣呀。」百嘹點了點頭，「真是不錯的理由呢。非常合理，非常適合你的身分。」

冬犽眼神一凜，「你在暗示什麼？」

「我以為我是最頹廢、最不盡職的臣子，」百嘹舉起玫瑰，將花朵抵上冬犽的頸子，「可是，我覺得你似乎比我更心不在焉，耽溺於其他的事物上。」

「這與那無關——」

「你也陶醉在當好人的快感裡嗎，軍團長大人？」

冬犽伸出手，搭上了百嘹拿著玫瑰的手，忽地出力緊握。

玫瑰的刺陷入了百嘹的掌心，片刻，鮮血順著玫瑰的莖，緩緩流下，滴落地面。

「會痛呢。」百嘹苦笑，但似乎對眼前的景況樂在其中，「惱羞成怒了？軍團長大人？」

冬犽微笑，另一隻手撫上百嘹的唇，接著，指尖用力。

「是，我是想當好人。所以，你最好收斂你的言行，」冬犽溫柔地笑著，輕柔地說著，「否則，你會讓我懷念起當壞人的快感。」

百嘹伸舌，舔過那開始滲血的嘴唇，舌尖輕輕擦過冬犽的指頭。

冬犽鬆開雙手。

「你該走了。」

百嘹輕笑，「我喜歡看你失態的樣子。」

冬犽回以微笑。「彼此彼此。」

封平瀾回到廣場時，百噗已經不見了。

他在心裡暗暗地鬆了口氣。因為百嘹的那番話語，在他的內心掀起了不安的漣漪。

他甩開思緒，拿起百嘹留下的玫瑰，匆匆把剩下的愛心補完。

真期待仙度拉看見這玫瑰愛心的樣子呀。

百嘹的話語言猶在耳。

……這樣，算是在自我陶醉嗎？

Chapter5

小人的身上有著勤奮的美德，總是積極踴躍地在惹人厭的工夫上精進

次日，封平瀾到校後，抽屜裡沒有信。

「今天仙度拉沒來信呢。」

「喔，是嗎。」柳浥晨隨口應了聲。今日她也一大早就到教室埋伏，卻撲了空。

早自習結束後的下課，封平瀾和伙伴們一同前往展演廣場，準備看看仙度拉是否留下什麼回應。

在那裡等待著他們的，是挖土機、被鑿出個大洞的廣場，還有一群施工中的工人。鋪在展演廣場外圈的花朵愛心，被往來的人群和機器踩碾成骯髒破爛的零散紙團。

「啊呀……」封平瀾看著展演廣場，有些詫異，「玫瑰不見了。」

柳浥晨走上前，詢問看起來像負責人的一名男子，「請問現在是在做什麼工程？」

「更換管線。」

「什麼時候決定要開挖的？」

「上週吧。」負責人不耐煩地一邊回答，一邊指示著下屬，「我正在忙，有問題去問你們學校。」

「那，廣場上面原本排的愛心去哪了？」封平瀾趕緊追問。

「你說那些礙事的紙玫瑰？那些東西會妨礙施工，所以工人們把它清掉了。」

「什麼時候清掉的？」

「半個小時前吧。」

半小時前的話，大約是早自習剛開始的時候。封平瀾忙了兩天的心血，撐不到半天，就被徹底毀壞。

蘇麗綰等人不安地看向封平瀾，擔憂對方會因此沮喪。

但封平瀾臉上卻依然掛著笑容，「竟然會施工！我的運氣也太好了吧！哈哈哈！」他彎下腰，撿起一朵沾了灰的紙玫瑰，「希望仙度拉看到囉。」

趁著第三堂下課，封平瀾當值日生去借體育器材的空檔，柳浥晨等人待在教室裡討論著早晨發生的事件。

「非常明顯，那爛三八擺明就是在整他。」柳浥晨一口咬定，正義的怒火燃燒，「一定要揭開那個三八的真面目！」

「她寫的信全都放在封平瀾的書包裡，施個追蹤咒就可以把她揪出。」伊凡興致勃勃地說著，「妳會揍她嗎？前天下了雨之後，宿舍前的花圃積水至今未乾，妳們可以到那裡打場泥漿摔角。」

柳浥晨瞪了伊凡一眼。

「可是，對方是日校生。」蘇麗綰提醒。

校內嚴禁在課外時間對學生施咒，對象若是日校生會受更重的處罰。

「學校裡不是有監視器嗎？」璁瓏提問。

坐在一旁滑手機的百嘹聞言，抬起頭，「監視器？」

「不是每個地方都有，而且學生無法調閱。」柳浥晨看向百嘹，不懷好意地調侃，「後悔在校內做那些見不得人的事了吧？說不定你主演的精彩動作片已經外流了。」

「噢，那我可能要開個影迷粉絲團了。呵呵呵——嘖。」笑容扯動了嘴唇上的傷，百嘹微微蹙眉，輕嘖了聲。

璁瓏發現百嘹嘴上的傷，「你的嘴怎麼啦？」

「不小心擦傷。」

柳浥晨冷笑，「又是哪個狂野的小騷貨弄的？」

「狂野的小騷貨」不好意思地輕咳了一聲，「是我。」

眾人挑眉，微愣，接著很識趣地不再多問。

「既然不能用咒語，那只好守株待兔。」柳浥晨眼中燃著勢在必得的火花。

「妳明天要幾點來啊？」

「我明天不會早到，」柳浥晨握拳敲桌，以示決心，「我今晚就在教室裡打地鋪堵她！」

然而，第四封信，是在下午出現。

體育課結束，封平瀾還完器材回到班上，發現抽屜裡多了封信。

「仙度拉又寫信給我了！」封平瀾驚奇不已地看著那封一反常態出現的信箋，「真是個神出鬼沒的小妖精吶！」

眾人扼腕。

「信裡說什麼？」

封平瀾拆開信，快速瀏覽，瞪大了眼，「她想要和我見面耶！」

眾人暗自詫然。

他們本以為仙度拉只敢躲在暗處整人，沒想到對方竟然主動提出了見面的要求。

這會不會是另一個陷阱？

「約在哪裡？什麼時候？」

「星期六下午四點，市區的商圈，在徒步區的某個巷口。」

「那你要怎麼聯絡她？」

「她說她有我的手機號碼，到時候會打給我。」封平瀾繼續往下讀，「噢，信裡還說，要我一個人赴約，她見到不熟的人會害怕。真可愛呢，哈哈哈！」

真是……太可疑了……

週六下午兩點，封平瀾出門赴約。

冬犽等人雖然表面上裝作對封平瀾的約會不感興趣，但是當對方一踏出家門，冬犽便立刻通知柳浥晨。

「他出門了。」

「這麼早？」

「他昨晚很晚才睡，好像在準備什麼東西。」冬犽擔憂地開口，感覺就像是懷疑自己孩子染毒的家長。

「要偽裝？」

「好，我們馬上出發，等一下見！記得要偽裝，低調一點。」

「對，封平瀾有可能在路上晃，仙度拉如果了解封平瀾的話，一定也認識我們。為了不讓他們發現，所以必須喬裝一下，只要讓自己不起眼就好。」

「我不太明白……」

「打扮成路上最不引人注意的東西。」

「垃圾桶？」

「……是路人……」柳浥晨在電話彼端撫額，「不懂的話，戴個口罩和墨鏡出門就是了。」

四十分鐘後，一行人在封平瀾約會地點的兩個街區外會合。

柳浥晨、蘇麗綰、伊凡、伊格爾和宗蜮較早到，五個人都穿了暗色調的服裝，戴著帽子，有的臉上戴口罩，有的是戴上粗框眼鏡。

冬犽等人約晚五分鐘到達，除了百嘹，其他人全都照著柳浥晨的指示，臉上戴著厚重的口罩和超大的太陽眼鏡。

一個人打扮成這樣走在路上，或許並不顯眼，但是四個人同時做這樣的裝扮，一起行動，看起來就非常突兀。

「抱歉，我們沒有沒有太陽眼鏡，剛剛繞去買。」冬犽道歉解釋，「這樣可以嗎？」

「看起來像是要進泌尿科的藝人。」伊凡笑著挖苦。

「我就說吧！」璁瓏哼聲，摘掉了太陽眼鏡，「還是我有先見之明，早就叫你們和我買一樣的。」

他邊搖頭，邊從口袋中掏出另一副眼鏡。

看起來是普通的粗框眼鏡，但是鏡框中央上黏著個大鼻子，假鼻毛狂放地從鼻孔岔出。

璁瓏還沒戴上，就被柳浥晨一把搶下，折斷，扔入一邊的垃圾桶裡。

最後，他們到附近的店裡，買了一般的平光眼鏡和帽子，做了簡單的偽裝。

「海棠呢？」

「我們出門時他還在午睡，曇華剛打來說快要上路了。」冬犽回報。

「喔。」真是任性的少爺啊。

為了不打草驚蛇，一行人繞了遠路，分散行動，各自從不同的方向逐步接近封平瀾的約會地點。

封平瀾和仙度拉約定的地方是十字路口處的一根燈柱下，位置非常顯眼。離約定時間還剩十五分鐘，封平瀾掛著興奮的神色，左顧右盼，對著路過的每一個人露出燦爛的微笑。

柳浥晨等人分成三組，各自逗留於十字路口附近的商店，以便觀察。

百嘹、柳浥晨和宗蜮三人一起坐在一間咖啡廳的戶外席。蘇麗綰、希茉、與伊格爾偽兄弟兩人，在對街的街角處的藥妝店逗留。冬犽、璁瓏、墨里斯則是機動地在路邊的商店一邊移動一邊巡視。

會這樣分組，其實純粹是出於無意。冬犽主動認領墨里斯和璁瓏為同行者，伊凡和伊格爾堅持要在一起，東拼西湊之下，便形成了當下的處境。

宗蜮和百嘹兩個人的氣場太過顯眼，不管分到哪一組都相當突兀，因此便分在同一組，由柳浥晨管控。

而蘇麗綰四人組，看起來與一般的學生無異，四人在一起的互動非常自然。

柳浥晨啜了口過度苦澀的紅茶，朝著十字路口的附近張望了一下，接著拿起電話詢問另一組的情況。

「有什麼動靜嗎？」

「沒有，封平瀾還在原地。噢，等等。」伊凡停頓了一下，「有人來向他搭話了。」

「長什麼樣子？」

「看起來普通，但是她笑得很假。啊！她拿出了兩個小包包和原子筆！是推銷假愛心文創商品的漁夫！噢不——」

「怎麼了！」

「封平瀾掏錢買了！」

柳浥晨低咒了聲。

如果是平常，她一定會衝出去痛斥那個賣家一番，然後拉著封平瀾走人，但今天不行，她只能忍痛看著這慘劇的發生。

「那個女的走了。」伊凡繼續報導，「目標損失五百元，沒有其他異常。」

「很好，繼續觀察。」柳浥晨接著撥打電話給冬犽組。

接起電話的是璁瓏。

「你們那裡情況還好嗎？」

「喔，應該沒什麼異狀吧。」

「什麼叫『應該』？」

「我渴了，在便利商店買牛奶。」手機裡傳來一陣啜飲聲，「冬犽去後面巷子的攤位買冰淇淋。」

「所以沒有人在崗位上？」柳浥晨的音調揚起，隱隱透露出怒意。

「有啊，墨里斯還在──呃。」

「怎麼了？」

「墨里斯也來店裡買東西吃了。」話筒傳來一陣吵雜的對話，「然後他叫我不要告訴妳他摸魚的事──啊！」

通話結束。掛斷的前一刻，傳來了慘叫聲，顯然是某個人的頭被賞了個爆栗。

柳浥晨輕嘆了口氣。幸好還有蘇麗綰他們……

她望向和自己同桌的伙伴。

宗蜮點了個布丁，用小湯匙將滑嫩的布丁搗得稀爛以後，再拿吸管吸。

百嘹只要了杯熱開水，然後將桌上糖罐的糖倒進去一大半。

明明店內有低消規定，百嘹什麼也沒點卻沒事。服務生們踴躍地過來幫百嘹加熱水，甚至還有人偷偷端了小蛋糕招待。

百嘹對著獻上草莓蛋糕的女服務生投以微笑，對方心花怒放，感覺下一秒眼睛就會噴出巨量的愛心。

服務生一轉身離去，百嘹便把放在自己面前的蛋糕，推到柳浥晨面前。

「給妳。」

柳浥晨挑眉，將蛋糕推回百嘹面前。「別那麼沒品。」

「我只喜歡糖，蛋糕的雜質太多。」百嘹伸指沾了沾擠在草莓上的糖漿，舔去。「妳不吃的話無所謂，放在這自然會有人來收拾。」

「等等打包吧。」柳浥晨輕嘆，接著繼續觀察著周遭。

離約定時間還有十五分，目前沒有任何異常的人或事出現。

「為什麼要做這些事呢？」百嘹忽地開口，「別人的私事，應該與妳無關吧？」

柳浥晨白了百嘹一眼，「這是道義問題。身為朋友，我們不能眼睜睜地看他被騙而受傷。仙度拉這樣三番兩次整他，誰知道這次的相見會不會藏著更難堪的陷阱。」

「噢。」百嘹聞言，恍然大悟般地點點頭，「因為妳是他的朋友，所以妳不想跟著丟臉，是吧？」

柳浥晨愣了一秒，「你這個人要扭曲到什麼程度啊！」她賭氣地拿叉子戳了蛋糕一記，「為什麼你不和冬犽一起行動？」

「他人的行為，不是我能控制和決定的。」百嘹瞥了桌上的蛋糕一眼，「就像這盤蛋糕，我沒辦法控制它的出現，甚至連處理方式也由不得我，我只能逆來順受囉。」

「你們吵架了？」柳浥晨好奇，「你對他做了什麼？」

百嘹苦笑，「什麼也沒有。」他玩味地停頓了片刻，「或許是因為什麼也沒做，所以才生氣吶，呵呵呵……」

柳浥晨看了看錶。約定的時間已經快到，但海棠還沒出現。她傳簡訊，要海棠直接到街角的小吃店，和冬犽組會合。

十五分鐘過去。

四點整，正是約定時間。

所有人屏氣凝神地看著街角燈柱下的封平瀾，等著仙度拉出現。

然而，十五分鐘過去，沒有任何人現身。

站在燈柱下的封平瀾拿出了手機，放到耳邊，臉上露出了驚喜的神色。

「有人打電話給他！」

「有辦法知道他在說什麼嗎？」柳浥晨詢問。

冬犽施了個咒語，微風颳起，將封平瀾的話語裹在風中，捲帶到身旁。

「平瀾說，沒關係慢慢來，我會在這裡繼續等。」冬犽轉告。

「那婊子遲到了，說不定是故意的。」柳浥晨下達指示，「如果仙度拉出現，不管他們去哪裡，我們一路跟蹤，一見情況有不對勁就隨時出手。」

「要直接動手嗎？」蘇麗綰擔憂，「平瀾發現自己付出這麼多心意，卻是一場騙局，應該會很傷心吧……」

「發展到這種地步，已經沒辦法顧慮那麼多了。至少能確保他的安全和貞操無慮。」

各組人馬繼續守在原位。宗蜮點了第二個布丁，服務生送上來時看見蛋糕還在，露出了有點傷心的表情。

蘇麗綰等人轉移到了大排長龍的飲料店前，邊排隊邊觀察動靜。

璁瓏和墨里斯一個拿著牛奶，一個拿著蘇打餅，邊吃邊巡邏。

冬犽原本跟在兩人身後一起行動，但行經某棟大樓前方時，他感覺到一陣異常感。

一種踏入異域的異常感，有如從戶外忽然進入冷氣房一樣。

他低頭看向地面。

腳下的影子雖然看起來一如以往，但仔細一看，會發現這一區的影子顏色非常濃，影與影分開的一瞬間，有種微弱的沾黏感。

冬犽抬頭，望向身旁林立的高樓。

他的嘴角勾起淺笑，接著轉身隱入巷弄之中，施展風咒，消失。

當雪白的身影二度閃現，位置來到了街旁的一座高樓天臺。

空曠的天臺上一片晦暗，雜物、電線和水塔零散地堆放著。

在天臺邊緣，一道頎長的人影，有如具現化的黑夜，昂然駐立。

冬犽緩緩走近。對方並沒有回首，也沒有因為他的出現而有所動作。

「發現什麼了？」冬犽直接切入重點，彷彿奎薩爾出現在此處，是那麼地理所當然。

奎薩爾沒有回答。

由上方俯瞰便會發現，地面上的影子，以封平瀾所在位置為圓心，擴散出包圍了整個十字路口、整個街區的深影。

冬犽不再開口，靜靜地站在一旁，默默等待，即使他不確定自己等的是什麼。

良久，街燈下方的封平瀾，再度接起手機。

幾乎是同一時刻，地面的影子泛起凡人無法察覺的漣漪。

電話接通後沒幾秒，顫動的漣漪忽地瞬間收聚攏束，像是被吸入漩渦一般。接著，大片的影子濃縮成一束影蛇，自地面飛快游移，攀上梁柱，攀上外牆，接著竄入了對向街角一棟大樓的四樓窗戶內。

冬犽望去。窗後有幾道人影貼在窗旁，似乎在觀察著什麼。

他認出那些人。全是熟面孔。

蕾娜、曹繼賢、艾迪，還有同班的雷尼爾。

冬犽嘆了口氣。

還真是……一點也不意外啊……

「你是故意讓我察覺到你的存在的吧。」冬犽淺笑，「看來你並非外表展現的那麼無情。」

以奎薩爾的能耐，絕對有辦法將影子中的妖氣完全隱藏。

「在找到雪勘皇子前，封平瀾的存在仍是必要的。」奎薩爾冷語，「如果他為了其他人而分心，甚至想抽手，這對我們的計畫不利。」

「對計畫不利……」冬犽輕嘆，「你在乎的只有雪勘。」

奎薩爾瞥了冬犽一眼，似乎對他的話中有話略微不悅，但並未多言。他旋身，同時沉沒於腳下的影子之中。

冬犽立即撥了個電話給蘇麗綰。

「我們找到仙度拉了，在街口的四樓餐廳……」

「收到。」蘇麗綰不解，「為什麼不直接告訴小柳？」

「直接告訴她的話，會發生命案吧。」

「平瀾，我迫不及待地想和你見面！我想親耳聽見你對我的心意！我想向你敞開我最私密的花園！」女子嗓音吐出了嬌軟的鶯聲燕語。接著是一陣大笑。「他真的很好騙。只是把聲音拉高一點、裝嗲一點，他就認不出是我！」

蕾娜笑了好一陣才停止，她坐在舒適的沙發上，啜了口特調酒精飲料，往街道瞥去，看著燈下的封平瀾。

「這餐廳挺不錯的。」

「幸好我有先見之明，訂了這包廂。」曹繼賢得意地邀功，「我早就料到他的同伴會跟過來。殊不知我們居高臨下，將那些蠢貨的行動一覽無遺。」

「還要再等多久啊……」雷尼爾不耐煩地詢問。

「再等等，那些人遲早會走的。」蕾娜翻了翻菜單，「反正這裡東西好吃，包廂又舒服。你要加點嗎，這可以用社費請款喔！」

「非得要搞成這樣嗎？」雷尼爾很想離開。

他完全不想參與這個幼稚又荒謬的整人行動，但是姐命難違。

封平瀾抽屜的信是他放的。影校的課結束後，他便前往教室，將那封由曹繼賢和艾迪執筆的信放到封平瀾的抽屜裡。因此，不管封平瀾他們多麼早到都攔截不到，因為信前一天晚上就放了。

直到柳浥晨放話說要徹夜守株待兔，他才改成趁體育課眾人不在，提早返回教室擺信。

「你們的文書組長呢？」無視弟弟的不認同，蕾娜轉頭詢問艾迪。

「還沒到，她住在附近，我請她在家裡等著。封平瀾的同伴走了之後再過來。」艾迪回答。

魔術研的文書組長是個外表樸素清秀的女學生，他們預想封平瀾會喜歡這類型的女孩，所以威脅利誘雙管齊下，強迫對方參與，扮演仙度拉的角色。

「很好。」

接下來的計畫是，仙度拉出現之後，先拉著封平瀾在市區逛一逛，接著以身體不適為由，帶著封平瀾進入旅館休息。

當然並不會真的有什麼後續發展，他們只是要拍下封平瀾和女學生進入聲色場所的照片，上報給學校而已。

「真刺激呢。」蕾娜看著街上的封平瀾，興奮地說著，「我能體會為什麼有人會去當狗仔隊，這真的很有趣！」

雷尼爾露出了嫌惡的表情，「姐，慎選朋友好嗎？妳這樣真的很像三流反派，難怪傑森和妳分手……」

蕾娜柳眉倒豎，「你閉嘴！」

「等等，有異狀。」艾迪忽地開口，「他的同伴好像撤退了。」

原本在十字路口各處逗留觀察的人，已消失不見。

「真沒耐性。」曹繼賢輕哼，「我還以為他們至少能再撐一小時的。」

「我馬上聯絡文書組長。」

「叩叩。」艾迪拿起電話正要撥打時，包廂的門傳來了叩門聲。

門扉後方傳來溫柔的嗓音，「送餐點。」

艾迪困惑地轉頭詢問同伴，「有人加點嗎？」

曹繼賢走向門板，邊開門邊詢問，「送什麼餐啊？」

「諸位的腳尾飯。」

門後，只見冬犽和蘇麗綰兩組人馬聲勢浩大地出現。

曹繼賢愣愣，直覺地想要關上門。墨里斯慵懶甩掌，輕易地將欲闔上的門板甩回，門板撞上牆，發出一陣巨響。

包廂裡的眾人看見來者，一時不知所措，只能眼睜睜地看著一票人登堂入室。

當最後一個進入的伊格爾把門關上時，四人才感覺情勢不妙。

「這房間我們包場！誰准你們進來的！小心我報警！」蕾娜率先反應過來，惡人先告狀地先發制人。

「得了吧。你們做了什麼，心裡有數。」璁瓏冷哼。

「我不懂你們在說什麼。」蕾娜繼續嘴硬，「我只是和我的朋友以及親愛的弟弟一起聚餐，卻莫名其妙被你們這些粗鄙無禮的原始刁民打斷！」

「妳親愛的弟弟上次給我們看妳卸妝後的照片，妳的素顏看起來比較原始，像從琥珀蚊子裡萃取基因複製出的生物。」伊凡伶牙俐齒地反諷，接著從口袋中拿出手機，「順帶一提，剛剛你們在房裡說的話被我錄下了，不用再裝囉。」

蕾娜等人見伎倆已被拆穿，氣焰頓時削減了許多。

「那只是個玩笑罷了。」曹繼賢仍厚著臉皮，企圖挽回局面，「魔術研的文書組長原本隱約對封平瀾有好感，我們這麼做也不完全是作弄他——」

「噢，拜託，你閉嘴吧……」雷尼爾受不了地翻白眼。

「為什麼要這樣做？」蘇麗綰開口，「封平瀾和你們無冤無仇，為什麼要這樣整他？」

「什麼無冤無仇！」曹繼賢對蘇麗綰的言論不能苟同，「他好不容易加入了三大社團，卻又閃電退社，自立門戶，之後又不斷以社團研的名義找碴刁難，學園祭時讓我們難堪，嚴重傷害我們的名譽！」

「根本沒有的東西才不會受傷好嗎？你們的名聲早就臭到像北大樓三樓男廁。」伊凡不屑地哼聲。

伊凡尖酸的言語讓曹繼賢等人憤然作色，但又不敢開口。

「只是因為這個理由？」冬犽驚訝地追問，「僅是因為如此，就大費周章地設計作弄平瀾？」

「當然不是！」艾迪反駁。

「那是為了什麼？」

艾迪三人互看了一眼，接著，猶豫地吐出內情，「……協會預選見習生的徵選快到了。」

除了封平瀾的契妖們，其他人都露出恍然大悟的神色。

「用這種手段，太卑鄙了吧？」

「太差勁了……」蘇麗綰顰眉，相當不齒。

連伊格爾也微微搖頭。

「這和作弄封平瀾有什麼關係？」璁瓏直接提問。

曹繼賢翻白眼，露出了個「外行人」的眼神。

墨里斯拿起放在桌上的叉子擲出，不偏不倚地插在曹繼賢身旁的牆面上。

「再擺一次那種眼神，下次瞄準你腦門。」

曹繼賢趕緊說明，「協會每年都會從影校挑選出預選見習生，但是，一所學校只能推薦三個人。」

「喔，所以？」璁瓏等人還是不懂。

「封平瀾是特晉生，學業表現優秀，加上上回在學園祭的表現又相當突出，和老師們的關係看起來也不錯。」曹繼賢非常不甘願地說著，「他才一年級就有這些成就，很有可能會被學校推舉。」

照原本的情勢，身為三大社團社長的他們穩坐今年的預選見習生寶座，但是因為殺出了個封平瀾，誰都不確定誰會是被擠下的那一個，因此聯手設計這個局，讓封平瀾因聲譽染黑而無法列入推薦名單。

曹繼賢說完後，換璁瓏等人錯愕。

只是因為這個原因？

「平瀾不可能選上的。」冬犽輕嘆，「就算有這個機會，他也不會去參與……」

況且，校方不可能推薦封平瀾。因為，那位身藏幕後的理事長，知道封平瀾並不是真的召喚師……

「怎麼可能！」曹繼賢嗤之以鼻，「每個影校學生都以預選生為目標，能進入協會內部是每個召喚師都夢寐以求的。」

「是這樣喔？」璁瓏不信，轉頭問伊凡。

「當然，能和協會中央攀上關係，對整個家族都有利啊！」伊凡理所當然地回答。

冬犽忍不住露出一絲苦笑。

可是，平瀾不是召喚師啊……

望向曹繼賢等人。原本帶有些許怒意的他，此時只覺得悲哀。

為了個根本不會參戰的假想敵，勞師動眾，機關算盡，甚至不惜設下這麼骯髒的局……

人類的世界，比幽界舒適安逸，卻處處藏著莫名的戰役。

「你們想怎樣？」蕾娜雙手環胸，以大小姐的姿態開口，「要揭穿我們嗎？」

眾人面面相覷，一時間也不知道該如何處理。

「不，我們可以保密。」蘇麗綰打破沉默，說出決定。

蕾娜等人挑眉，不可置信。

「但相同的，你們也不准將真相說出去。」

畢竟，這件事傳出去的話，受到影響的可不只蕾娜等人，封平瀾也會受傷。

「就這樣？」曹繼賢質疑。「你們該不會在盤算如何對我們不利吧？」

「真的想對你們怎樣的話，直接把柳浥晨叫來就好。」

為了不讓場面失控，他們刻意支開柳浥晨，讓柳浥晨一組人到另一處，等到事件解決後再告訴她真正的地點。

「她的拳頭很硬。」墨里斯想到上回勸架時的情景，忍不住嘖聲。

蕾娜等人互看了一眼，相當識時務地匆匆起身走人。

「等等！」蘇麗綰再度出聲。

「妳想反悔？」

蘇麗綰將手伸向蕾娜，「打給平瀾的那支電話給我。」

蕾娜挑眉，拿出手機，抽出 SIM 卡，丟給蘇麗綰。「這樣我們就互不相欠了？」

蘇麗綰點點頭，「除非你們又做了什麼無聊事。」

「很好。」確認自己情勢之後，蕾娜勾起嘴角，得意地宣告，「那是預付卡的門號，妳想以我的名義去作亂或是故意打爆電話是沒用的。」

「我並沒有想那麼多。」蘇麗綰淡然回應，「只是想讓這場鬧劇有個好結局。」

「快走啦！」雷尼爾看不下去，出聲催促，「別再讓自己難看了好嗎……」

蕾娜瞪了弟弟一眼，不甘願地走出房門。

退出的前一刻，雷尼爾轉過頭，略微尷尬地對著屋裡人輕聲開口，「抱歉。」

冬犽等人站在原地，一時間無人開口，場面陷入沉默。

現在真相大白了，但是要如何善後才是難題。

蘇麗綰坐到窗邊的位置，向街角望去。

天色已轉為昏暗，路燈亮起。封平瀾站在街燈下，搓著手，等待著已遲到一小時的赴約者。

「先聯絡小柳吧。」蘇麗綰指示希茉，「妳用蕾娜的聲音打給平瀾，編個理由，請他再等一下。」

希茉點點頭，將 SIM 卡裝入手機，撥給封平瀾，模仿蕾娜變化過的聲調，「那個，不好意思，我這裡臨時出了點狀況，請你再等一會兒……」

眾人看著下方的封平瀾。

「沒關係沒關係！妳慢慢來！不急！小心點呀！」

燈柱下的封平瀾傻笑著揮手，安撫著不在面前的人。

看著那憨傻期待的模樣，眾人心情一沉。

要怎麼告訴他真相？

幾分鐘後，柳浥晨到達包廂，與眾人會合。

她看起來非常不爽，一方面是因為刻意被支開，另一方面是因為沒能痛揍曹繼賢等人。

雖然不悅，但畢竟主謀已離開，當務之急是如何讓這場虛假的戀情，有個不算太差的結尾。

苦思無果，墨里斯率先放棄。

「要不要直接告訴他真相算了？」他提議。「又過十分鐘了，要讓他等到什麼時候？」

「還是告訴他，今天無法到場，改天再約？」璁瓏建議。

「不行。」柳浥晨否決，「這樣我們就步上曹繼賢的後塵，變成設局欺騙封平瀾的人了。」

百嘹感到有趣，「妳的邏輯很特別。」

「直接告訴他，他會很難過吧？」

「經過苦難才會成長……」宗蜮悠悠開口。事實上，他只是覺得累了想快點回家。

柳浥晨沉思了片刻，說出自己的計畫。

「既然他沒看過仙度拉的樣子，或許我們找個人扮成仙度拉，然後掰個理由，告訴他目前還沒準備好進入穩定的關係？」

「如果能讓封平瀾自己提出放棄是最好的。」

「那簡單，」璁瓏擊掌，「叫宗蜮穿女裝過去就好啦。」

「不行，不能讓他幻滅。」伊凡反對，「要是現身的不是仙度拉，竟是烏蘇拉，搞不好會導致他心靈創傷。」

「看來得找一個被拒絕卻又不會難過的理由。」冬犽開口。

眾人沉默了幾秒，想破頭，找不出答案。

「政治立場、種族背景、宗教因素。」百嘹忽地吐出答案。「這些都是未來互不見面卻又讓彼此有臺階下的好藉口。」

「你怎麼知道？」

百嘹微笑，「我詢問專家。」他秀出手機，通訊軟體顯示的對話帳號是白理睿。

蘇麗綰立即指示希茉說詞，希茉再度拿起電話。

「冒昧請教一個問題，請問你是否有支持的政治陣營？」

「啊？沒有耶！我連投票權都沒有，所以支持誰都沒差啦！」

「那麼，你對宗教的接受度如何？」

「都可以呀！只要教主不要找我搞雙修就好，哈哈哈哈。」

「那……你們家族有什麼世仇嗎？或是堅持同姓不通婚？」

「同姓的姓是哪個姓？啊，不管是同姓還是同性，我都接受喔！」

「呃，謝謝你的回答……不好意思，你還要再等一下……我……我晚點才能到……」

掛上電話，再度陷入僵局。

「他心胸幹嘛這麼寬大啦！」伊凡開始遷怒。

「不然就以重病為由拒絕好了。」柳浥晨開口，「說自己將不久於人世，不想讓他浪費感情在一個將死之人身上，所以忍痛分離。」

「不行，平瀾是好人，這樣的話他搞不好每天都去探病。」蘇麗綰立即反對。

「乾脆詐死算了。隨便派個人裝成家屬，說仙度拉在路上出了車禍。」

「不行，只要一查就知道校內沒有學生發生意外。」

「而且，說不定他對死體有興趣……」宗蜮細聲插嘴。

「只有你會那樣吧！」

眼看時間一點一點流逝，大家還是想不出一個兩全其美的解套方式。

百嘹從頭到尾笑看著焦頭爛額的眾人。他根本不擔心封平瀾的感覺，會出現在這裡，純粹是湊熱鬧的。

人類總是自以為好人，做出些自以為是的好事。

他看向冬犽，正好和冬犽四目相接。

看見百嘹眼底的戲謔和不以為然，冬犽微微皺眉，將目光撇開。

啊呀呀……看來某人也染上了人類的壞習氣了呢……

「直接告訴他真相吧。」甚少發言的伊格爾，打破了沉默。

「那，誰要去說？」

他願意扮這黑臉，「我——」

伊格爾來不及開口，就被宗蜮打斷。

「等等。」一直心不在焉、不時往窗外看的宗蜮，察覺到了動靜。「有人來了……」

眾人湊到窗邊。

只見一道頎長的黑色身影，像是自黑夜中顯現一樣，從街道的一端穿過人群，筆直走向街燈下的封平瀾。

「奎薩爾！」

奎薩爾還沒走到燈下，封平瀾就注意到他了。

應該說，當奎薩爾現身的那一刻，他便感覺到對方的存在，目光開始搜索，直到他預期的那個人出現在自己的視線內。

奎薩爾緩步走到封平瀾面前，盯著那比自己矮一截的人影。

封平瀾一臉興奮地看著他，臉上綻起笑容。

「原來奎薩爾是仙度拉呀……」他嘿嘿傻笑，這一笑，鼻水從鼻子裡流出。

在寒冬裡站了兩個多小時，身子發出了抗議。

封平瀾趕緊拿出面紙，但因為手指僵硬，拿出來的面紙掉到地上。他蹲身欲撿時，因久站雙腳一麻，整個人重心不穩地跌跪在地。

奎薩爾冷冷地看著狼狽的封平瀾自地面爬起，並未出手相助，而是冷聲質問。

「為什麼不走？」

「啊？」封平瀾愣了愣，「因為仙度拉說，她晚點就到……」

「素未謀面的人，你也會這樣全心地為對方付出？」嚴厲冰冷的語調裡，藏著不易察覺的慍怒。

所以，他們並不是特別的？

封平瀾對任何人都很好，他們只是封平瀾順手幫助的倒楣鬼之一。當初落難的若是三皇子手下的卑賤契妖，他也一樣會出手相助，付出真心——

奎薩爾皺眉，一陣惱怒油然而生。

並非惱怒封平瀾的態度，而是惱怒自己。

惱怒自己為何會在乎在封平瀾心中的地位……

「噢，我想這樣比較能表現心意嘛！」封平瀾沒察覺到奎薩爾內心的波動，逕自傻乎乎地說著，「況且，既然要拒絕，還是當面說清楚比較好，不然太失禮了……」

奎薩爾挑眉，「拒絕？」

「是啊。」封平瀾不好意思地抓了抓頭，「因為我覺得，我沒有把握我能像她喜歡我那樣地喜歡她。」

奎薩爾不解。

他已經為她做了那麼多事，滿足了對方每一個要求，這樣還不夠喜歡？

封平瀾深吸了一口氣，像是在告解一般，苦笑著開口，「我最喜歡、最在乎的人，其實是我自己。」

百嘹說的沒錯。他確實是在自我陶醉。

不管是對仙度拉、對他的同伴或是對他的契妖，種種的付出，種種的善行，都是為了滿足自己。

他只要盡自己的本分，做個好孩子，不用使壞，不用耍任性，不用哭鬧，就會有人關注他、肯定他，就會有人陪在他身旁——這是從未有過的好事啊！

他竟然也能成為如此重要的人。

他寧可像煙花精彩地綻放，快速地消逝，也好過機房裡的慘白燈管，孤獨晦暗地度過漫長時光。

所以，即使被作弄，被使喚，被利用，他也完全不會在意。

他沒有生氣任性的權利，因為他很早就知道，那不會讓他得到自己想要的，最後陪伴地的只剩自己的影子。

現在他的影子裡有奎薩爾。

他很幸福。

「我現在的生活，就像是一場精彩的冒險劇，這是屬於我的劇本，我喜歡目前的劇情。而戀愛，並不是我想要加入的元素。」封平瀾笑道，「很自私吧，奎薩爾。」

奎薩爾仍然不理解封平瀾的想法。他無法關注對方的話語，因為封平瀾笑著的眼裡，一點笑意也沒有。

「你該走了。」奎薩爾決定不多想，壓下心中躁動的煩亂，結束今日的鬧劇。

「可是……」

「你等的人不會來。」

封平瀾笑出聲，「你怎麼知道啊？」

「……你看起來也不意外。」

「嘿嘿，被你發現了！」

他昨晚本來想寫一封文情並茂的婉拒信，絞盡腦汁想編出一個不會傷人的拒絕藉口，甚至也想過直接避而不見，以行動說出心裡的想法。

剛剛他接到電話時，聽到那些問題，心裡就有底了。

「既然已知道對方不來，為何不離開？」

封平瀾沒有直接回答，而是反問，「那，奎薩爾你是特地前來提醒我離開的嗎？」

「那不是重點──」

「不，這才是重點。」封平瀾堅定地說道，「我在意的人做了什麼，才是重點。」

他不離開還有一個理由。

他感覺到奎薩爾的存在。

等待的時候，他隱約感覺到奎薩爾在附近。他不確定是否是錯覺，所以賭了一把，賭自己的感覺是否正確，賭奎薩爾是否會出現。

然後，他贏了。

封平瀾整了整背包，拍拍膝上的灰，看錶，「啊呀，已經六點多了，我看吃個飯再回家好了。」他看著奎薩爾，揚起滿足的笑容，「有這樣的回憶，也頗有趣的呢，哈哈！雖然過程有點波折，至少結局是好的。」

「你等的人沒出現，這是一場騙局。」這樣怎麼算是好的結局？

「可是你出現了。不管前面的過程多辛苦，只要你出現，悲劇、鬧劇，都會變成好結局的喜劇。」封平瀾不好意思地笑了笑，「況且，我已經習慣等待了。」

奎薩爾怔了一瞬。

他的腦中忽地浮現出了中了逆齡咒時封平瀾大哭的樣貌。

一股莫名的刺痛扎上內心。

他走了以後封平瀾會怎樣？假召喚師的身分揭穿以後，封平瀾的生活會變得如何？

……他何必思考這問題？

這與他無關。封平瀾只是讓他們能安穩棲身於人界的工具！

「你今天和我說好多話喔！」封平瀾露出了花痴的笑容，以猥瑣的目光盯著奎薩爾，「我應該要錄下來，設成手機鈴聲和鬧鐘！啊，對了！街角有監視器！我要去報案說被搶劫，調出監視錄影帶拷貝這一段，設成螢幕保護程式然後每天欣賞！」

奎薩爾皺起眉，露出嫌惡的神色。

但內心裡也暗自鬆了口氣。

面對平常的封平瀾，他心裡那份莫名的糾結不會出現。

他旋身退去，隱沒在街道人群的光影錯亂之中。

封平瀾本想追去，卻被叫喚聲打斷動作。

「平瀾！」

他轉頭，只見柳浥晨和蘇麗綰等人出現在路旁。

「沒想到在這裡遇到你！我們剛好約在附近吃飯，你約會結束了嗎？要不要一起來？」柳浥晨故作不知情地開口邀約，但是語調開朗得很不自然。

「好啊！啊，話說，我好像被拒絕了耶！」

「真的？」伊凡驚訝地摀嘴，一副不可置信的樣子，「竟然拒絕你這麼優質的好男人！那個仙度拉真是個反覆無常的臭女人，不和她在一起也好！」

「你吃晚餐了嗎？」蘇麗綰溫柔地詢問，「我們在那棟大樓的四樓餐廳訂了位，你想吃什麼都可以盡情點，其他人已經到了，只差你了。」

封平瀾順著蘇麗綰指著的方向望去，「可是那間餐廳看起來很貴耶，我沒那麼多錢。」

柳浥晨勾起帶著惡意的笑容，「放心，有人請客。」帳單直接寄到三大社團的社辦。

「真的嗎?!」封平瀾笑得非常開心。

他開心並不是因為有免錢的料理可以吃，而是喜悅眼前所發生的一切。

這麼幸福，真的可以嗎？

眾人在蕾娜訂的包廂裡大吃大喝、盡情喧鬧歡騰了好一陣，最後才意猶未盡離開。

準備打道回府時，柳浥晨忽地內心一悸。

「等等！」她緊張地停下腳步，「我好像忘了什麼東西……」

「錢包嗎？還是手機？」

「不是。」柳浥晨用力苦思，但一時間想不到答案，「好像是一個，有點煩人、但又有點重要的東西……」

「忘了繳水電瓦斯費嗎？」冬犽詢問。

「不，那個東西好像和我們都有關，某個活體……」

眾人思考三秒，心有靈犀地同時想出答案。

「海棠！」

與封平瀾的約定地相隔一個街區，一間KTV前，站著一男一女。

男的臭著一張臉，腰間還掛著一把疑似刀劍的武器。

「先生，你要進來唱歌嗎？」店員戰戰兢兢地前來詢問。

「干你屁事！」

「可是……你凶著臉站在這裡，會影響我們做生意……」剛剛已經有好幾個客人投訴，懷疑有黑道在店裡圍事。

「我們在等人，馬上就會離開了。」曇華溫柔地開口。

「這樣啊……」

海棠凶狠地瞪了服務生一眼，對方立刻乖乖退回。

服務生走了之後，海棠悶悶不樂地開口，「……還要等多久？」

「等到柳小姐通知為止。」

「不能先走嗎？」

「這是道義問題，少爺。」曇華諄諄教誨，「平瀾少爺和皇族有過節，說不定這是他們仇敵設下的局。柳小姐要我們在這裡待命，一定有她的用意。」

曇華笑了笑，「而且，如果少爺沒有把手機摔壞的話，我們就能直接趕到現場了。」

當柳浥晨傳簡訊來的時候，海棠還在家裡睡覺。幾分鐘後鬧鐘響起，他順手便把手機往牆上砸。

「幸好我幫您看了簡訊。」曇華輕嘆，接著微笑，「繼續等吧，海棠少爺。」

Chapter6

身爲階下囚，光是括約肌能正常運作就該感恩了

傍晚時分，天色是芋泥般的灰紫，地平線邊緣的天幕，沾著夕日殘餘的豔橘。都會中心大樓高樓層處，大片落地窗環繞著華室。玻璃窗上沾附著雨珠，使得窗景變為帶有印象派風格的畫作。

屋裡的暖氣送出溫暖而乾燥的風，但氣氛卻冰冷得彷彿呼吸都會結冰。

房間中央，雕金砌玉的御座上，淡金色的身影居高臨下地傲視著來訪者。俊逸的容顏仍掛著笑靨，眼眸裡卻漾著冰冷的慍意。

「今天你為我帶來了什麼好消息呢？東大人。」三皇子鴆慈笑著詢問，「雖是這麼問，但照著以往的經驗，想必又是事與願違了？」

「真是睿智，不愧是皇子殿下呀。」東尉也不客套，大方承認，「您要的士卒二月初才能送達。」

鴆慈的眼眸閃過一道陰狠的凶光，「東大人，你在綠獅子裡的人緣是不是非常糟？為什麼你的主子每次都派你來傳遞這些會送命的消息？」

「大概吧，綠獅子本來就是一群社會化不完全的討厭鬼嘛。要是能在協會底下混得好，誰會想退出成為不從者？」東尉笑著揭自己同伴的瘡疤。

「延遲的理由？」

「原定航程取消。」東尉解釋，「不過，我們已盡快安排行程，只比原定的日期晚兩週抵達，不算太遲。」

「理由。」

「理由有很多，從船艙排水口被座頭鯨強暴，到聖嬰現象影響洋流，我可以給你十幾種冠冕堂皇的藉口。」

三皇子王座下的大理石地面，發出一記尖銳的破裂聲，出現龜裂紋。但東尉無懼對方明顯的殺意，繼續笑著開口，「但最主要的原因是，我們的小公主臨時起意，想看丹麥的人魚雕像，所以原本預定的南太平洋航線取消，改往北歐。」

「啪。」

龜裂痕跡延長，如藤蔓般朝著東尉所站的位置生長。

站在東尉斜後方的瓦爾各瞥了地面一眼。

「告訴你們那無知的聖女，她最好珍惜這段盟約關係，否則我將成為綠獅子的夢魘，讓你們所有人在惡夢中長眠……」鴆慈笑著吐出威脅。

「真巧，我們的小公主也是這樣想的，不過主詞剛好顛倒就是了。」東尉故作輕鬆地笑了兩聲，「但您也不用太在意延遲的事，畢竟異界通口並非完全穩定。這陣子海上通道也開始震縮了，拉長開通的時間間距，能讓它更穩定一些。這同樣對您有利，希望您能諒解。」他緩和了語氣，讓三皇子有臺階下。

三皇子眼中的肅殺減少了些。

「若是能減少傷亡，那麼遲些也無妨。」送來的若是傷兵殘將，對他而言也沒用處。

「三皇子真是仁民愛物呢！」東尉露出銘感五內的表情，接著話鋒一轉，「當然，若是三皇子願意考慮我之前的提議，就能一勞永逸……」

鴆慈知道東尉所說的提議是指什麼，他斂起虛偽的笑容。

「不可能。」語氣裡有著不容置喙的絕對堅持。

「這樣，只能請您繼續容忍這逐漸退減的效率了。」東尉也不以為意，彷彿這提議是否被採納對他而言並沒有多大差異，「另外，通道不穩定，您日後歸返也有危險性……」

「無所謂。」三皇子冷冷地回應。

站在室中的幾名侍衛親信詫異地看向他們的主子，眼中帶著些許的猶疑與不確定。

「皇子殿下如此堅守信念，令人敬佩。」東尉虛偽地客套恭維，話語裡帶著嘲諷的意味。「預祝您早日完成建國大業。」

瓦爾各靜靜地站在一旁不吭聲，但暗中為東尉捏了把冷汗。他默默守在一旁，等東尉稟報了幾條無關緊要的小事之後，便跟著一同退離。

東尉離開後，三皇子走下他的寶座，緩緩地踱到窗前。

今天下過雨，雲層厚重，因此傍晚的天色暗得比平時早了些。

但他知道，再過不久華燈初上，這城市會被光、霧、雨交織綴點成一整片輝煌璀璨的珠寶盒。

回去？

他不需要回去，他不要回到蠻荒晦暗的幽界，他要在上帝的花園蓋他的王國。只要他的兵丁、他的將士、他的子民過來，他的帝國便會水到渠成。

到時候，人類、妖魔、召喚師，還有綠獅子，全都必須向他臣服。

幽界那又冷又硬的皇位，就讓他的兄弟們去爭奪吧。

「殿下。」一名年老但硬朗的長者，看出主子內心的煩亂，向前了一步，「今晚加葉尼歌劇院有鋼琴獨奏演出……」

「我不信任東尉。」三皇子忽地開口。

「您已經派了瓦爾各在他身邊，東尉的一舉一動都在您的掌控之下，包括他的性命亦是。」

三皇子輕嗤了聲，「座狼一族可是被我的父親所滅。就算戰爭時他已在人界，但滅族之恨難保不在他心中升起叛變之火。」

「那麼，您打算和綠獅子斷交？」

「我不信任的只有東尉，綠獅子其餘人等都好應付。每個人的眼裡都有著明顯的欲望，只有東尉，完全看不出他的動機是什麼。」三皇子眉頭微蹙，「送來的妖魔越來越少，死傷率增加，不知道是真的通道不穩定，還是他從中搞鬼。」

鴆慈凝重地盯著窗外的景色，不發一語。老者靜候主子的指示。

片刻，俊美的容顏再度勾起從容而狡獪的笑容。

「祿鰲。」三皇子下令，「聯絡倀狚。」

「是。」

離開三皇子地盤，瓦爾各和東尉搭車前往機場。

「為什麼要再三挑釁三皇子？」在候機室裡，瓦爾各以不予苟同的語氣詢問東尉。「他剛才真心想殺了你。」

「看著三皇子氣急敗壞又努力裝淡定瀟灑的模樣，不覺得很有趣嗎？」

瓦爾各露出怪異的表情，「你是不是嗑藥了？」他知道人類在服用某些藥品之後會精神恍惚，判斷力降低，「或是酗酒？」

「並沒有。」東尉失笑出聲，「羅伯特有毒癮和酒癮？」

「他沒有，但他兒子有。我去過幾次警局，幫他把兒子偷偷弄出來。」瓦爾各老實地開口。回想起過往的經歷，他搖了搖頭，「我建議你最好別碰那些東西，我不想再背著大小便失禁又失智的人在暗夜裡行走了。」

「噢，瓦爾各，你還是安靜點吧。」

數分鐘後，兩人坐上了頭等艙的座位。

「我們現在要去哪裡？」瓦爾各好奇。「要回洛杉磯嗎？」

被指派跟在東尉身邊的這陣子，日子過得挺悠閒。大多數的時間，他們住在洛杉磯，兩個人分開各自待在臨近的小城鎮裡。東尉幫瓦爾各在大學城租了間公寓，給了他手機，要求他不得離開城鎮，手機隨時開著待命，等候指示。

瓦爾各的生活非常自由，他也謹守東尉的命令，安分地在城鎮裡活動。老實說，他完全不覺得被限制，這是他來到人間幾百年後第一次嘗到自由的滋味。

他不曉東尉在忙什麼，也無意去探究，破壞兩人之間的關係，破壞自己好不容易得到的自由。他只從幾次的通話中間接聽到，東尉似乎和一個少年一起行動。

那是他的同伴，還是他的契妖？他只知道，東尉和少年在一起時，似乎很愉快，說話的語調裡有真正的笑意，而不是夾槍帶棍的嘲諷。

「我們得先回總部一趟。」東尉勾起意味深長的笑容，「打包旅行必備品。」

機內廣播響起，空服人員解說完安全須知，隨即飛機開始奔馳，如標槍一般，自地面斜射入高空之中。

瓦爾各手搭在窗邊，全程瞪大了眼，盯著窗外的景色，看著地面越來越遠，看著浮雲與視線齊平。

東尉挑眉，「需要幫你叫兒童餐嗎？」

「我第一次坐飛機。」瓦爾各看著窗外回答，「德利索家的人不會浪費錢幫契妖買座位，我總是被限制在結界裡。」

「德利索家族對於外人向來有節儉的美德。」

瓦爾各沒有回應，他看著窗外，直到景色不再有變化，才意猶未盡地轉過頭。

「謝謝。」

東尉微愣，不以為然地輕笑了聲。

幾小時後，兩人抵達義大利佛羅倫斯奧特拉諾區。街道上頗具年代的建築群如塔樓、老店鋪，使整個區域籠罩在文藝氛圍裡。

計程車停在老橋附近，下了車，東尉領著瓦爾各走了一段路，穿過幾個巷弄街道後，來到一間古樸典雅的五層樓老屋前。

屋子和周邊的房舍差不多，淡粉色外牆略微斑駁，上頭整齊地嵌著一排排方窗，有些亮著燈，有些是暗著的，毫不起眼。

但瓦爾各發現，這棟樓房左右周圍的屋子一直到街尾，全是暗著的。從他踏入巷道中的那一刻，便有種被人監視的感覺。

「乖乖跟在我身邊就沒事。進了屋子之後最好閉嘴，徹底收斂你的口舌。」東尉微笑著提醒，同時對著一樓大廳的保全人員點頭示意問安。

穿著保全制服的矮胖中年男子掀起了帽子笑著回應，看起來平凡無奇。

但瓦爾各經過他身旁時，嗅到了濃厚的血腥味。

人類的血，妖魔的血。

「你帶著我進入這麼機要的地區，不怕我告訴三皇子？」兩人搭上老舊的電梯時，瓦爾各忍不住開口。

「得了吧，你根本不效忠任何人。」

「名義上，我已是三皇子的下臣，我不會對他奉獻所有的心力，但也不會直接違抗他的命令。」瓦爾各老實地開口，「如果三皇子要我下手殺你，我會手下留情。」

「誰手下留情還不確定呢。」東尉不以為然地嗤哼，「況且，知道祕密只會讓你立於險境，我們隨時有理由殺了你。」

「特地告訴我，是為了讓我有所防備嗎？」瓦爾各反問，「你人還挺不錯的。」

東尉翻白眼，不再接話。

電梯開啟，出現在眼前的是挑高的寬敞空間，地面上鋪著手工波斯毯，上方垂掛著華麗而誇張的水晶燈。

瓦爾各微微挑眉，看著地面上織有繁複花樣的地毯，「這不是該掛在牆上嗎？」

「你很識貨嘛。」

「德利索家也收藏這樣的東西，羅伯特四十歲生日時收到一張，珍愛得要命。」這麼珍貴的毯子，竟然鋪在地上。

東尉笑了笑，朝著廳房彼端的大門走去。門前有張矮桌，桌旁坐著兩個婦人，靜靜地織著毛線，織好的圍巾就垂到放在地面的竹籃裡。

她們不曉得坐在這裡編織多久了，竹籃裡的布條早已塞滿，滿出籃外，堆疊成一座小丘。圍巾的顏色雜駁，而且質感不一，有的柔順有的粗糙。

仔細看便可發現，那毛線是以動物的毛髮編成。

其中一條毛線橫過門板前方，若要進入，必須跨過。

東尉對著兩名老婦打了聲招呼，對方也回以溫和的笑容。她們的目光停留在瓦爾各身上，似乎有些猶豫。

「他是我的人。」

老婦點了點頭，繼續織毛線。

東尉推開門，瓦爾各跟在後頭。他盡量表現出沉默淡定的模樣，但進房時仍愣愣。

那是間巨大的玩具箱，公主的玩具箱。

以淡粉和白色為主色調的房間，上下前後左右六面牆都綴滿精緻浮雕和水晶。鑲金的象牙色櫥櫃裡，塞滿了幾可亂真的人偶、娃娃、禮服和鞋子。

珠寶、飾品散落在梳妝檯上，有的掉在羊毛地毯上。

屋裡有兩個人，一個是年齡和東尉不相上下的白衣男子，恭敬地站在角落；另一個是穿著粉杏色洋裝的少女，坐在茶几旁，和小兔子玩偶共進下午茶。

少女年約十五，容貌精緻異常，若非她會眨眼說話，看起來幾乎與櫥窗裡的人偶無異。

東尉走到少女身旁，恭敬地彎下腰，「晚安，珂爾克殿下。」

被喚作珂爾克的少女放下茶杯，將視線轉向東尉，不太高興地撇了撇嘴，「你打擾到我了。」

「非常抱歉。」東尉鞠的躬更低了些。

「算了，看在愛德可愛的分上，就原諒你。」珂爾克伸手摸了摸那隻穿著西裝的小兔子，接著望向東尉身後的瓦爾各，「那是你的新寵物？」

「不是，那是三皇子派來跟在我身邊的監視器。」

白衣男子聞言，露出明顯的怒意，「你把三皇子的人帶來這裡？」

「放心，我保證他會閉嘴的，西尉大人。」東尉笑了笑。

「我非常懷疑。」

「懷疑我的能耐？」

「懷疑你的忠誠。」西尉淺黃色的眼眸逐漸轉深，變為濃豔的橘紅，火燄般的顏色。

「你和三皇子的關係，似乎過於友好親近，讓人懷疑你的立場。」

「如那樣叫友好親近的話，那西尉大人一定有很多朋友。」

珂爾克打斷了兩人的針鋒相對，直接追問自己想知道的答案，「三皇子答應了嗎？他願意給我他的寶石嗎？」

「很可惜，他仍然拒絕。」

珂爾克發出埋怨的低吟，「我想要皇族的靈鑽。」她隨手抓起桌面上放在碗中的藍寶石，煩悶地瞥了一眼，「很想要。」

「但三皇子他非常堅持——」

「那是你的問題！」珂爾克任性地將寶石丟到瓷杯裡，茶水濺起，在綴著緞帶的袖口染上了一塊紅褐色的汙漬。「討厭……」她舉起手，望向西尉，「埃耆尼。」

西尉恭順地走向前，單膝跪在珂爾克面前，取出紙巾為她擦拭袖口的茶漬。

「東尉，以後沒有好消息的話就別回來了。」珂爾克煩悶地說著。

「那怎麼行，我已經準備了許多禮物要送您呢。」東尉苦笑，「況且，看不到您我會很難過。」

「好吧。」珂爾克勉為其難地應了聲，但看得出來她心情好了不少，「但我還是很想要很想要皇族靈鑽。」

「我會盡力為您爭取的。」東尉保證。

「你來見我有什麼事？」

「來見您就是我的目的，見到您一切安好讓我非常欣慰。」東尉瞥了坐在少女旁邊的小熊玩偶一眼，揚起笑容，「然後順便回本部拿些東西。」

「東尉呀，你是在奉承我嗎？」珂爾克笑得很開心，「這般討好我，有什麼目的呢？」

「我想看您開心，這就是我的目的。」

珂爾克嬌笑不已，她身旁的西尉卻毫無笑意，完全不掩飾敵意，以嫌惡的目光冷冷地睇著東尉，直到他離去。

離開那華美璀燦的玩具箱，東尉領著瓦爾各登上頂樓，直接從打了通道的房間，進入隔壁一棟建築裡。以同樣的方式穿越了兩、三棟建築之後，他們進入電梯，往下移動。

一路上，瓦爾各都沉默不語。直到坐入電梯時，東尉主動開口。

「你可以自由說話了。」東尉笑望著瓦爾各，似乎等著對方發表意見。

「那是你的主子？」

「那是綠獅子的小公主，幻庭聖女。」

「我沒料到是女的。」

「別小看她，小公主有強大的力量。」然而權力、力量在手，卻沒有駕馭的智慧，就像是拿著核武的孩童。「看到綠獅子的首領，有什麼感想？」

瓦爾各沉吟片刻，吐出了個委婉的答案，「……感覺她和三皇子不分軒輊。」

東尉噴笑出聲，「一次侮辱兩個人，你夠狠！」

「我很訝異你會為那樣的人效力。」

「上位者每個都一樣差勁，你只能從中選出一個比較不差勁的，或者，選出一個比較笨的，便於操控。」

「你順服他們嗎？」

「你覺得呢。」

瓦爾各內心的答案是否定的。他覺得東尉加入綠獅子，就像他投奔三皇子一樣，並非真心。

他為了自由，只能選擇歸順三皇子。那，東尉的目的又是什麼？

電梯往下，一直到最底層的地下四樓才停止。

門扉打開，出現的是陰暗的走道，牆面與地面都以鋼板製成，上頭刻著無數道交疊錯縱的禁制咒語。

瓦爾各立即意識到這裡是何處。

地牢。

他下意識地防備了起來。

「冷靜點，又不是要關你。」東尉察覺到瓦爾各的警戒，笑著安撫。

「我知道了太多東西。」

「要防止你洩密的話，我會直接殺了你，才不會大費周章地讓你有越獄的機會。」

底下的空間比瓦爾各預想的還要寬敞，他推測，或許這裡也和頂樓一樣，通連了好幾棟建築。

他們穿過走道，拐了幾個彎，來到最隱密幽深之處。東尉打開三道需要輸入密碼的厚重金屬門，卸下兩道防禦咒，到達最裡處的牢房。

瓦爾各這才放下戒心。

「不緊張了？」東尉笑問。

「要關我的話，不需要這麼複雜的防備。」

「你倒是挺識相的。」東尉轉頭對坐在牢房門前一臉無聊的棕髮女子開口，「芙麗妲，情況還好嗎？妳看起來相當煩躁。」

「一切正常。」芙麗妲拋接著蝴蝶刀，亮晃晃的刀刃在空中閃爍，「只是那傢伙一直對我吟些腦殘的情詩，讓我想割了他的舌頭。」

「妳割了？」

「還沒。」芙麗妲接住刀，一臉憤恨地將刀刺入面前的辦公桌。「你是來殺他的嗎？我可以參與嗎？」

「很可惜不是。幫我開門。」

「噢……」芙麗妲低咒了聲，接著扯了扯腦後那由數條辮子紮起的馬尾。馬尾的一尾端連在牢門上，像是樹根深入土壤一般，深埋入鋼板門之中。她輕吟了聲咒語，髮尾垂下，抽離門板。

「謝謝。」東尉拿出刻滿符文的黃銅鑰匙，插入鎖孔，小心翼翼地將門打開。

牢房的空間約六坪大，但裡頭什麼擺設都沒有，六面灰牆構築成一個密閉空間，角落丟了一個空寶特瓶和小鐵桶。

黑髮男子坐在角落，衣服破舊骯髒，面容狼狽憔悴，頸子、雙手和雙腳都被巨大而厚重的咒枷給鎖銬著。

「嗨，好久不見。」東尉笑著打量著周圍，「你過得挺慘的吶。」

黑髮男子抬眼，瞥了東尉和瓦爾各一眼，「我以為是美麗的天使為我開門、迎我上天國，結果出現的是觀落陰才會看到的東西。」

「他是？」瓦爾各好奇。

「風流倜儻的紳士怪盜閣下。同時也是日安晨光咖啡車的老闆，岳望舒先生。」

東尉從蜃煬手中接收紳士怪盜，然後向上級呈報，他要利用他的身分掩人耳目，留著紳士怪盜不死的原因只是為了必要時可以推出去當替死鬼。

不管是綠獅子還是協會，沒有人知道岳望舒真正的能耐。

只有他知道，紳士怪盜是多麼好用的道具。

「你還沒吃夠苦頭是吧？」東尉走向岳望舒，一把抓起扣在對方頸子上的鎖鍊，逼他仰頭。

「你以為把我關在這樣的監獄裡就能讓我屈服？」

「這才不是監獄，是單人套房，你知不知道這樣的房間月租要多少錢？」東尉冷笑，「如果這是監獄，你這種手無縛雞之力的文藝青年早就被老大哥們輪姦到連輪椅都沒辦法坐了，還是你比較喜歡那種環境？」

「……不了，這裡守門的妹子很正，雖然她好幾次把我的食物倒在地上，但腿很美。這裡物質環境差了點，但至少心靈每天都能被滋潤。」

東尉哼笑，接著，忽地彈指，解開附著在枷鎖上的咒語。

「鏗啷！」

金屬枷鎖落地，在房間內激起沉重的回響。

岳望舒愣愣，一時間不知該作何反應。

東尉退到角落，從容地倚著牆，下令，「動手。」

瓦爾各和岳望舒同時看著東尉發愣，他們分不出這命令是對著誰下。

「贏了就讓你離開。」東尉再次開口。

兩人幾乎是在同一時間會意。

岳望舒立即召出冰刃，朝著瓦爾各刺去。他的反應雖快，但因被囚禁多日，身上的傷和衰退的體力使他肢體的反應不夠靈活，冰刃在碰到瓦爾各的身軀之前，便被對方以蠻力擊碎。

瓦爾各隨即揮出一記勾拳，但是拳頭揮到岳望舒面前一公分處，便被一道無形的牆給擋下。

岳望舒躍起身，以違反引力的姿態在牆壁與天花板之間行走，同時召起火燄與雷光，對著瓦爾各連發直劈。

瓦爾各吃驚，他沒看過有妖魔能同時使出兩種以上的屬性，但是，紳士怪盜的妖魔在哪？為什麼他沒感覺到其他妖魔存在，召喚師卻能使出妖力?!

咬牙，加強自體防禦，同時閃避，接著長腳一勾，將地上的小鐵桶掀起，朝岳望舒的方向猛力一踢。

鐵桶橫過房間，擊向企圖往門邊逃跑的岳望舒。

看著朝自己飛來的鐵桶，岳望舒大驚失色，以笨拙而不流暢的姿態趕緊蹲下避開。趁著這空檔，瓦爾各猛地向前一躍，朝他腹部痛擊一拳。

岳望舒即時伸手防禦，但扎實的拳頭打在臂上，讓他痛到蹲地。

瓦爾各不解地彎腰，拎起那生鏽陳舊的鐵桶，「這桶子有什麼祕密？為什麼他那麼害怕？」是新型咒具？還是某種結界的封印？

「那是他的廁所。」東尉責難地看著瓦爾各，「你應該慶幸綠獅子給囚犯的伙食極差，沒提供太多蔬菜。」

「如果你們早兩天的話來就精彩了……」岳望舒忍著痛出聲嘲諷。

瓦爾各立即把桶子扔到一旁，然後不好意思地搔了搔下巴，「至少我贏了。」

「你確定？」

瓦爾各回頭，只見數道鎖鍊朝他射來，銬上了他的四肢和頸子，強硬地將他禁錮在牆上。

鎖鍊的另一端，連接著半伏於地面的岳望殊髮尾。

那是芙麗妲的招式。

瓦爾各驚愕不已，他想反擊，但是手腳上的箝制既牢又緊，他完全無法動彈，只能任人宰割。

「看來你在這裡收獲不少。」

「每天沒事做，只能聞聞美人的髮香，猜猜她的心思。」岳望舒用力地喘著氣，緩緩從地面上坐起。他看了牆上的瓦爾各一眼，接著看向東尉。

東尉猜出對方的想法，只是淺淺的微笑。

「你的招式對我沒用，你應該知道的。」東尉走向岳望舒，「別白費力氣，壞了我的好心情。」

岳望舒重重地哼了聲，「你會讓我離開這裡？」

「是的。現在可以放下我的小跟班了嗎？」

岳望舒揮手，撤掉了髮尾的咒術。

鎖鍊掉落在地，瓦爾各走向東尉，以狐疑而好奇的目光不斷打量著岳望舒。

「他的契妖在哪？為什麼那麼強？」

「他沒有契妖。」東尉轉頭詢問瓦爾各。「剛才戰鬥時為何不施展妖咒？」

「座狼精通體術，鮮少有攻擊性的咒語，妖力多用於自體治癒和防禦上，實戰中沒有什麼特別效用。」

「噢，好吧。」東尉聳了聳肩，看向岳望舒，「我會依約讓你離開。只不過，你必須跟著我行動，聽我的指示。」

「卑鄙，我以為你會放我自由……」岳望舒口裡雖抱怨，但他的眼中卻亮起難以掩飾的期待。

「別想作怪。」東尉猛地伸手，單手扣住岳望舒的頸子，將之推向牆壁。接著他咬破另一手的拇指，以鮮血在對方的頸子上畫下了禁咒，鮮紅的符紋瞬間轉為深黑，接著滲入肌膚之中，消失無形。

「啊啊啊啊啊——」岳望舒發出悽厲的哀號。

「別裝了，沒那麼痛。」東尉鬆開手。

「心會痛！」岳望舒嫌惡地抹了抹脖子，「我竟然被男人壁咚還被觸摸敏感帶！他媽的噁心死了！」

「瓦爾各，讓他睡一下。」

「好的。」瓦爾各向前一步，伸出手。

岳望舒不以為然地輕笑，「妖魔的咒語對我沒用——」

「誰說要用催眠咒？」瓦爾各舉起手，一記手刀快而狠地朝岳望舒頸後劈下。

疼痛伴隨著一陣白光閃過眼前，岳望舒來不及吐出咒罵，意識便陷入了黑暗之中。

深夜。

東京新宿燈紅酒綠的夜生活正絢爛，霓虹招牌與燈光閃爍著的建築物裡，販賣的是紙醉金迷、酒色財氣的成人世界。

氣派輝煌的夜店內，音樂與笑鬧聲充斥，而在同一棟大樓最高層的房間內，卻是遠離塵囂的寧靜。

寬敞的套房，裝潢是奢華歐式風格，主色調以金和黑為主。過分誇張的設計和來自各國的藝術品，給人一種俗麗感。

一名男子坐在大理石餐桌前，桌面上擺著精美的瓷盤。一個盤子裡擺著切好的西瓜，另一個盤裡則擺著一塊帶著鮮血的肝。

男子穿著西裝，向上豎起的頭髮黑與金交錯，黑褐色的眼眸裡閃著嗜血的貪婪。他的指甲剪得很短，但甲緣卻修得尖銳。

手握著叉子，男子切也不切，直接插起整塊肝臟，送到嘴邊咀嚼了起來，露出的虎牙，比一般牙齒尖銳。

男子邊吃邊發出嘖嘖的讚嘆聲，直到空無一人的房間裡傳來了另一人的腳步聲。

他放下叉子，還未回頭，不速之客已走到他面前。

「原來是祿鰲大人。」男子咧嘴，嘴邊沾了一片的血，他隨手拿起了餐巾抹了抹，「有什麼事？」

「我來轉告三皇子的命令，倀狚。」

「命令？」黑眸閃過一絲不悅。

「皇子殿下和你立契，讓你能在人界安穩過活，現在是你報效皇子的時候了。」

「我以為皇子殿下和我立約是為了救助我，原來那些善意是有代價的。」倀狚拿起叉子，繼續吃了起來，「果然是皇族的作風。」

「啪！」

一道黑影閃過，快得讓人幾乎看不見。破空聲響起，倀狚面前的餐盤粉碎，叉子斷裂，叉上的肝則爆成肉泥屑。大理石桌面上出現一道深深的裂痕。

倀狚的臉上，則是多了一道血痕。

「卑下的流竄者，以你的身分原本連擔任雜役都不配，你能存在已是莫大的恩惠。」祿鰲沙啞的嗓音緩緩地吐出威嚇，語調裡有著明顯的不屑與輕蔑。

倀貊原是逃竄到人界的妖魔，不久前才收編到鳩慈麾下。然而，雖已與鳩慈立約，無衰弱之憂，但仍改不了嗜血的本性，以人類為食。

倀貊在人界的身分是日本黑幫小支部的負責人，隨時有能耐將領導者取而代之，但是那樣太過顯眼。他對權力和金錢沒興趣，他只想在自己的狩場無後顧之憂地狩獵恐懼。

倀貊以手抹去臉上的血，伸舌舔掉，他皺眉看著桌面上的狼籍，伸手抹了抹桌上的肉屑，放入嘴中。

「皇子想要我為他做什麼？」

祿鰲拿出一份文件袋，優雅地擺放到桌面上。「登上亞可涅號，觀察綠獅子的東尉是否有任何不利於皇子的舉動。」

「如果是呢？」

「那麼，你將有新鮮的肝可以吃。」

倀貊陰狠的容顏，咧起了笑容。

祿鰲忽地轉過頭，望向門邊，眼神凌厲而警戒。

「怎麼了？」

祿鳌沒回答，以迅雷不及掩耳的速度移動到門邊，把門甩開。

只見一名留著小鬍子、穿著西裝的男子，站在門邊，顯然是正要開門時，被人捷足先登，而錯愕不已。

男子看見陌生的祿鰲，立即拔出槍打算攻擊，但是被祿鰲一掌打得跪跌在地。

「那是我的手下。」倀狚對著正要下重手的祿鰲開口，同時望向跪在地上的組員，「做什麼？」

「大哥，你沒事?那這位是?」

「他是我的客人。」

「真、真是萬分抱歉，因為守衛沒接到有人來訪的通知，看到您房裡出現陌生人，我以為是殺手……」跪在地上的男子忍著痛，抬起頭解釋，「我接到來內線電話說您找我。打擾了兩位敘舊，真的罪該萬死。」

「我沒有叫你上來。」

「咦?!」男子驚慌錯愕，連忙解釋，「但是佐藤他跟我說——」

「夠了，你退下吧。」倀狚沒耐性地下令。

「對不起！真的很對不起！」男子站起身，不斷鞠躬道歉，接著誠惶誠恐地退開。

祿鰲盯著誤闖的男子，眼裡始終帶著警戒。

「他只是一般人類，加入我的組織已經兩年，不用顧忌。」倀狟安撫，「當然，如果您不放心的話，我也是可以讓他消失。」

「不必。」

兩人沒注意到，當那冒失的手下引起風波時，在窗邊，一道人影藉著這小騷動，快速而安靜地自倀狟的陽臺躍到臨近的大樓邊側，順著外牆的安全梯而下，遁入夜晚的巷弄之中。

皇族……綠獅子……

亞可涅郵輪。

潛行的人影在心裡低喃著關鍵字。

釣到大魚了吶……

Chapter7

正義的一方即便使用骯髒的手段也會被合理地漂白

海洋褪去了碧藍，染上和夜空一樣的墨黑。海面的波潮折射著微弱的月光，粼粼波光亦如綴著點點繁星的夜空。

船艦的燈光打在海上，有如舞臺上的聚光燈，迎著歌舞歡騰的郵輪登場，喧騰了整片汪洋。

郵輪亞可涅號，全長三百餘公尺，船體高達十六層樓，載客量高達三千七百人，宛若一座海上皇城。

傍晚於澳大利亞雪梨出發，預計在接連著兩天的海上航行後，於第四日早晨抵達第一站停留點——新喀里多尼亞的神祕島。

大批旅客按照客房等級一一登船，甲板、船艙內，盡是來往的人群。

瓦爾各穿著西裝，袖子捲至手肘處，隨性而雅痞，健壯的手臂單手拖著巨大的行李箱，與頂級ＶＩＰ乘客一起登船。

「需要幫忙嗎？」一名服務生主動來到瓦爾各身邊，客氣地詢問。

「不用，謝了。」

「咚！」行李箱傳來一記聲響。

服務生驚訝地看了一下行李箱，「請問，裡頭裝了什麼？」

「會震動的東西。」瓦爾各握著拉桿，用力地甩了一下。「可能是電源忘了關。」

「噢，抱歉。」服務生尷尬地笑了笑，轉身去服務其他旅客。

瓦爾各繼續自己的腳步，走入船艙內。

東尉以工作人員的身分早一天登船。他給了瓦爾各船票，交代了些事，指派他幾個任務之後，便提前出發。

行經一段飾有波紋的地面，輪子拖過，行李箱發出一連串震響。

「咚！」

行李箱再度傳來一陣聲響，彷彿在抗議。

瓦爾各看了看左右，確定沒人，便蹲下身壓低音量對行李箱開口，「東大人給了我一條繩子，他說如果我嫌行李太重，可以繫上繩，丟到海裡，一路讓郵輪牽到目的地。」

行李箱裡傳來一陣細小的嘀咕。

這就是瓦爾各的任務。行李箱裝的，是岳望舒。東尉給了瓦爾各一個箱子，要他把岳望舒裝在裡頭，帶上船。

行李箱的內層貼滿了大面積的符紙，瓦爾各猜想，那應該就是行李箱裡的岳望舒能順利通過安檢的原因。

來到東尉安排的較高樓層的特色套房，打開房門，媲美頂級五星級飯店的寬敞空間和高檔設備，令瓦爾各忍不住讚嘆。

然後，房間的角落，放了一個一米六立方的鐵籠。瓦爾各輕笑出聲。

真是準備周道啊……

瓦爾各打開行李箱，把岳望舒放出。

「你這粗魯的莽漢，為什麼不——」岳望舒本想抱怨，但在看到房內陳設時也傻了眼。「哇噢。」

「你最好安分點。」瓦爾各解開領帶，舒緩僵硬的頸子，「東大人幫你準備了獨立樓中樓套房，不想住進去的話就別作怪。」

「我們住同一個房間？」

「對。」

「噢，該死的，你們這對主僕真的很惡劣，不斷毀滅我的夢想……」

他一直夢想能帶著心儀的女性，一起搭郵輪出遊，上演鐵達尼號一般的浪漫情景。但他現在竟和一個比他高一個頭、肌肉量是他三倍的男人住在這麼華麗的房間裡。

「你想吃東西嗎。」

岳望舒戒備地看著瓦爾各，「幹嘛對我這麼好？」他腦中閃過電影中的橋段，「我需要擔憂我的貞操嗎？你等會兒該不會要幫我畫裸體素描吧?!」

「我只是希望你閉嘴。」瓦爾各巡視著寬敞的房間，看起來也對房裡華美的設備感到驚豔。

「你主子對你不錯。」岳望舒擅自打開放在玻璃架上的紅酒，為自己倒了一杯，然後發出一聲讚嘆。

「他不是我主子，他是我主子派我來監視的對象。」

岳望舒露出怪異的表情，「你們之間有什麼特殊關係嗎？」

「你指的是什麼？」

「沒什麼。」

岳望舒飲盡杯中物。他一邊喝，一邊盯著瓦爾各的一舉一動。倒第二杯酒時，他不動聲色地將指頭沿著杯口畫圈，暗地附上咒語，非常細小精巧的咒語，小到能躲過頸子上的禁咒底線，「東尉是亞洲人？他華語說得不錯。」

東尉的身上，總是附加著匿形的幻咒，削弱接觸者對他的樣貌的辨識度，看過之後只能記得大約的輪廓，讓人無法記得他真實的樣貌。

他不動聲色地詢問，一旦瓦爾各的腦中浮現出東尉的臉，酒杯裡就會顯現出來。

他要看清楚捉住他的人長什麼模樣，看清之後，一旦逃離，才有明確的復仇方向。

「我不知道。」瓦爾各老實回答。「他沒在我面前撤下咒語過。畢竟，他不是我的主子。」

酒杯裡閃現的是和岳望舒記憶裡相同的模糊容顏。

岳望舒低咒了一聲，賭氣地把酒飲盡。

「把我帶上船要做什麼？」

「我不知道。」

瓦爾各拿起印製精緻的郵輪簡介翻閱。每一項設施都有標註可使用的房客等級，部分高級俱樂部是專為持有白金 cruise ID 卡以上的客人開放。

東尉給他的是黑金卡，凌駕在眾人之上，能直接對船上的任何員工下達指令。

東尉很慷慨，但他覺得東尉的慷慨並不是出於友善，而是出於不在乎。他不在意金錢，所以揮金如土。

那麼，東尉在意的是什麼？

歷來他的契約者都有明確的欲望，欲望是驅使人前進的動力。東尉渴欲的是什麼呢？

岳望舒站在窗邊，看著如蟻群般陸續登船的旅客。「那麼……我什麼時候會死？」

「我不知道。」瓦爾各翻了翻簡介，「別想逃跑，禁制咒語會讓你吃苦頭。」

「說得好像我現在過得很舒適似的。」岳望舒翻翻白眼。

忽地，一股微弱的電波，靜電一般的刺麻感自背脊竄上。

岳望舒愣住。

有「熟人」上船了……

而且，不只一個。

他趕緊啜了口酒，掩飾自己的驚訝。

東尉知道他能複製妖魔的能力，但對方不知道，被他「抄襲」過的人，一旦出現在他的周遭，他便能感應到對方的存在。

岳望舒故作冷靜地繼續倒了杯酒，默默分析感受妖力的微弱共鳴。

啊！是曦舫的那些學生們，讓他淪落至此的元凶之一！

他們來船上做什麼？接賞金任務嗎？協會察覺到這艘船的異狀了？

岳望舒沉思了片刻。

敵人的敵人就是朋友……

「我等一下可以出去嗎？」岳望舒走向瓦爾各，故作感興趣地看著對方手中的簡介。

「如果最終都會死，我希望能在這船上遇見我的蘿絲，和她一同在船頭嘗試御風的感覺。」

「你只能待在房間裡。」瓦爾各瞥向房角的鐵籠，「或者待在那裡面。」

「太殘忍了。」岳望舒長嘆了聲，坐到窗邊的位置。

出不出去不是重點，他需要的只是獨處的時間。

他得耐心等候，抓準時機……

同樣的樓層，再往後幾個房間，轉過一條走道，一樣頂級的特色套房裡。

「我先說清楚。」柳浥晨雙手環胸，瞪著那以撩人姿態躺在床上的百嘹，「執行任務時不要有多餘的舉動，在這房裡時就當作彼此不存在，別來煩我。明白嗎？」

「噢，但我們是以夫妻的名義登記呢。」百嘹撐著頭，掀開被子，「難得有機會住進這麼豪華的房間，就算是假的，要不要先模擬練習一下？」

「我還沒墮落到那種地步。」

她轉身，一把扛起沉重的行李箱，往廂房的另一側拖去。行李過重，她搬得有些吃力，步伐顛簸，但仍咬著牙獨力完成。

「需要我幫忙嗎？」

「不必。」

百嘹輕笑著坐起身，「妳這麼討厭我呀？」

「我只是討厭你的態度。」

「那妳喜歡哪種類型呢？」百嘹趴在床邊，好奇詢問，「妳對每個男人都非常凶悍強硬，從沒看過妳對誰和顏悅色。這是妳欲擒故縱的手段嗎？」

「我向來對事不對人。有必要的話我對同性也一樣狠。」柳浥晨回頭瞥了百嘹一眼，

「誰說我沒有對異性和顏悅色？我對冬犽向來非常尊重。」

「冬犽呀……」百嘹苦笑著搖搖頭，「原來妳喜歡這種的？」

「並不是！你是小學生嗎？動不動就把人配對！我只是欣賞他的沉穩和溫柔而已。」

「溫柔是嗎……」百嘹搔了搔下巴，坐起身。

柳浥晨折返門邊，正要拖動第二只行李箱時，一隻手伸了過來，搶先一步提起那沉重的箱子。

「我幫妳。」百嘹笑了笑，看了柳浥晨的手一眼，「妳的手都發紅了。」

柳浥晨用力翻白眼，「不必了，我自己就可以做到——」

「是妳自己就能做到，還是妳怕別人認為妳無法自己做到？」百嘹忽地提問。

柳浥晨正要回嘴反諷，但百嘹向前一步逼近她，將她挾制在自己和門板之間。

「你搞——」

「浥晨，夠了。」百嘹以一反平常玩世不恭的笑臉，以罕見的認真與誠摯，望著柳浥晨，「妳自己知道，妳總是在逞強。」

「讓開——」

「但我還知道，妳的強悍是妳的屏障。」百喨以帶著憐惜和無奈的溫柔嗓音，輕輕地說著，眼中的柔情，濃到彷彿能讓人融化。「妳不讓別人看見妳的脆弱。妳貫徹妳的正義感，不向任何妳所不認同的事低頭。」

百喨伸手，柳浥晨下意識地縮瑟，但百喨只是輕輕摸了摸她的頭。

「不用急著證明自己的堅強和能耐。累了，就卸下武裝吧。看久了，會讓人心疼的……」

柳浥晨愣愣在地。她第一次看見這樣的百喨。

那麼地真誠、溫和、觸動人心。

她眨了眨眼，一時間竟失去了說話的能力。

面前深情的容顏，忽地勾起了戲謔的笑靨，「妳喜歡這樣的？」

柳浥晨立即回神，懊惱地對百喨揮出直拳。

百喨輕鬆地舉起行李箱，擋下了柳浥晨的攻擊。合金表面的行李箱，凹下了一個拳頭的痕跡。

百喨吹了聲口哨，「妳想謀害親夫嗎？呵呵……」

「你真的很惡劣……」柳浥晨憤憤然地瞪著百暸，用力搶下對方手中的行李箱，咬牙切齒低語，「為什麼我要受這樣的折磨啊……」

「要怪，就怪那時妳籤運太好囉。」

——十日前。

無端掀起的情書風暴，在三大社團買單的西餐吃到飽同樂會中結束。

封平瀾就像以往一樣，完全沒有情傷的症狀，那些因著情書的悸動和狂喜彷彿船過水無痕。

高中生活的第一個學期，平淡地結束。

影校課程比日校早一天結束。日校結業式當天晚上，社團研的學生聚集在第三會議室。

殷肅霜和瑟諾已在裡頭。殷肅霜坐在電腦前，將亞可涅郵輪的相關資料叫出。而瑟諾則是坐在離主桌非常遠的牆角，靠在窗臺上慵懶地抽煙。

全員坐定後，殷肅霜開始對著眾人解說，「這是亞可涅的內部平面圖。」他點了點滑鼠，船艦像是被切片一般，一層一層地攤開，展現出每一個樓層的平面圖，「不過，只是概略圖，內部構造可能會和官方提供的圖片有所差異。」

「哇！」封平瀾看著畫面驚呼，「上面有好多遊樂設施喔！有滑水道泳池耶！還有露天星空電影院！好酷！」

「自由搏擊場？聽起來很有意思。」墨里斯一副躍躍欲試的樣子。

「溫泉設施裡的牛奶池是怎麼回事，是要人跪在岸邊像羔羊一樣啜飲池水嗎？」璁瓏皺眉，「那樣不太衛生，至少該給根吸管。」

「……有八個酒吧……」希茉的眼中亮著期待的神色。

殷肅霜咳了一聲，「你們是去執行任務，不是校外旅遊……」他將話題拉回主軸，「這次任務有幾個重點。第一，勘查。根據帕羅・蓋洛留下的證詞，多出的賓客集中在位於第六層的經濟內艙房區。此外訂房資料裡，不只內艙房區，整個第六層的房間都無人登記訂房。而第七層的房間數也非常少，整層樓有大半空間是作為倉庫儲物室。這裡，是我們勘查的主要目標。」

「只要勘查就好？感覺挺容易的嘛。」伊凡笑道。

「若是這麼認為的話，你可能只剩會厭軟骨能回來。」殷肅霜冷冷提醒，「其次，找出船上的契妖與不從者。我們不確定船上有多少不從者潛伏，光是一名不從者就非常棘手，而船上還有一般遊客。若是開打的話，上千名的遊客立即會變成他們的人質。」

「所以我們要低調地誘捕對方？」

「不，我們不和他們接觸，而是要不動聲色地標記，然後避開。在弄清楚他們真正的目的之前，不要打草驚蛇。」

「怎樣標記？」

「在紙上寫『我是不從者我壞壞』然後貼在他背後嗎？」

「那是瑟諾負責的部分，到時候你們只要注意標示就可以了。」

眾人望向坐在角落哈煙的瑟諾。

伊凡小聲地向封平瀾低語，「他標記的方式該不會是用煙頭在別人背後燙一個洞吧？」感覺挺不可靠的。

「咦？那如果有人穿蕾絲洞洞裝的話怎麼辦？」

殷肅霜朝封平瀾的方向冷眼射去，兩人趕緊閉嘴裝乖。

「郵輪上的階級畫分明顯，一般旅客和白金ＶＩＰ乘客付的費用相差十倍，能進出和使用的範圍也有差異。白金ＶＩＰ的活動範圍最廣，加上會員身分非富即貴，所以較不會被船上工作人員盤查巡問。」

眾人聞言，全部眼睛一亮。

所以，他們可以住在豪華房間裡，盡情享用所有的設施囉！

「但是——」殷肅霜話鋒一轉，「以協會的預算，不可能讓我們全員都以白金VIP的身分登船。此外因為之前召喚師打草驚蛇，加上竊賊登船，亞可涅對於一般旅客和員工的身分審查更加嚴格。我們若要登船，只能頂替原旅客的身分。」

「什麼意思？」

「託亞可涅郵輪臨時延期的福，給了我們機會。」殷肅霜按了下鍵盤，畫面出現一批人物的身分資料，「我們攔截入侵亞可涅郵輪的客服信箱，查出有哪些遊客因為行程延期而無法參與準備退票，我們將其中幾名旅客的回函改成如期參與，接著再偽裝成亞可涅的客服，向原旅客聯絡，並以高於原金額兩成的費用退款給對方，使對方不會想繼續向亞可涅的上層申訴。上船只是個開始。登船以後，我們必須變造第二重身分。」

「第二身分？」

「雖然亞可涅中央對員工的身分審核嚴格，但通過之後就不會再追蹤，基層主管對於員工的來歷也不會追究。我們上船之後，部分人員必須偽裝成員工，四處探勘。」

「何必那麼麻煩？既然目標那麼明顯，施個咒下去看看不就好了。」墨里斯開口。

「在船上的期間，非緊急狀況不得使用咒語。」

「為什麼?!」

「那是不從者的地盤，我們不確定上頭施了什麼樣的咒語和結界，任意施展妖咒，很容易被揭穿身分，曝露行蹤。從變裝到偵查，全部都得親自進行。」殷肅霜望向契妖們，「契妖們若是有辦法幻化容貌而不被偵測到妖力的話，則不受此限。宗蜮，變裝易容的部分就交給你，校內所有資源都任你使用。」

宗蜮沒多大的興趣，「我用我自己的工具就夠了……課堂和社團裡的器材做出來的成品質感太差……」

「會嗎?!我覺得小蜮兒做的東西都很棒啊！」封平瀾率直地開口，「你真謙虛耶！」

宗蜮挑了挑眉，低聲嘀咕了幾句，便不再開口。

「登船後，每個乘客都會取得一張郵輪身分證 cruise ID，做為替代護照的身分辨識，在船上的所有花費開銷也是用這張卡來記帳，離船時再統一結帳。亞可涅號的 cruise ID 按照乘客等級分為不同顏色，不同等級的卡在船上的使用權限也有所差異。」

殷肅霜開啟了新的頁面，上面是各種顏色的辨識卡，「金色的卡是白金VIP乘客所持有，我們手上只有四張，所以其他人在行動時，必須自行想辦法從別的乘客裡『借』卡片——注意，只能用於通行，不得拿來消費。」

「喔……」座席間傳來了幾聲惋惜聲。

「最要注意的是黑色卡片。持有黑金卡的人，不是郵輪的頂級主管，例如船長，就是有高度影響力的重要人士。黑金卡的地位凌駕在眾人之上，甚至可以直接對船上的員工下令。沒有人知道黑金卡持有者的確切標準是什麼，我們推測那是專門為了既不是船上員工、也不是一般賓客的不從者所設立的。在船上行動的過程中，如果發現持有黑金卡的人，務必密切關注他的動向。」

殷肅霜說完，深吸一口氣，鄭重地交代提醒，「不能小看不從者的力量，千萬不要與對方正面衝突，此趟任務最主要的目的是抓到亞可涅號犯罪的證據和把柄，讓協會能夠直接對他們進行徹查辦案，切莫打草驚蛇。有問題嗎？」

「那個，」封平瀾忽地舉手，「不從者彼此之間是團結的嗎？」

「不從者只是一個代稱，泛指未歸入協會管理的召喚師。雖然其中有人自行成立組織，如綠獅子，但也有很多人是獨自行動的。」殷肅霜看著封平瀾，「為何這樣問？」

封平瀾抓了抓頭，「如果讓協會能夠名正言順地插手是目的之一的話，那我覺得再加上一層隱藏設定會比較好喔。」

「什麼意思？」

「現在協會不敢動亞可涅號，是因為找不到明確證據可以出手。」封平瀾解釋，「如果我們整個過程都能低調地調查，找到證據，那當然很好。但如果過程中出了狀況，被亞可涅號發現是協會的人從中干涉，雖然我們確實沒有違反條約，但這只會讓他們把登船的門檻和驗證修改得更複雜嚴格，之後更難進行調查。」

「所以你想要讓我們裝成誰？」

「不從者。」封平瀾笑著公布答案，「不從者這個設定可以當成是危機應變的備案，當事情鬧大到不可收拾的地步，我們就以不從者的身分曝光退場，這樣就算沒直接抓到亞可涅的把柄，協會也能直接出手對亞可涅進行調查。」

殷肅霜看著封平瀾，眼底露出讚許之色。

「要怎麼樣才像不從者？」璁瓏詢問，「需要看起來很壞很叛逆嗎？像這傢伙之前中了逆齡咒一樣？」

「你以為不從者是聚在廟口大小聲拚輸贏的混混嗎？」柳浥晨白了璁瓏一眼。「只要違反協會規約，就會被視為不從者。」

「喔，比方說？」

「在未經允許的情況下以咒術殺人或插手重大利益交涉，危害人類文化存亡以及既有國際秩序。」殷肅霜回答。

「呃！要玩到這麼大嗎？有沒有比較基本的入門款的犯罪呀？像是偷內衣或是擅闖民宅之類的？」

殷肅霜思考了片刻，「走私違禁品。」這是最輕的罪名，「以我們的身分，最方便運帶的便是協會列管的毒品，比方說屍花蔓陀羅。只要攜帶的量夠大，罪行也會跟著加重。」

「喔喔喔！」封平瀾用力擊掌，「這個聽起來不錯！」

「所以，我們這趟旅程要扮成偽裝為郵輪員工的毒梟？」柳浥晨推出結論，覺得有點荒謬。

「現在還有誰認為任務容易？」殷肅霜冷笑著開口。

「要去哪裡弄屍花蔓陀羅啊？那也是我們要事先自己去取得嗎？總不能說任務還沒開始我們就先被當成毒販給逮捕吧！」伊凡反問。

「放心，我們有專人會準備。」殷肅霜看向坐在牆邊始終不發一語、默默抽煙的瑟諾。

被點到的瑟諾，一臉狀況外地回過頭，「結束了嗎？」

煙屁股已在瑟諾的腳邊圍了一圈，殷肅霜皺起眉，「清乾淨才能走。」

「喔。」瑟諾應了聲，繼續抽自己的煙。

感覺不太可靠吶……

眾人心想。

「目前登船的人數有六名學生。」殷肅霜看向蘇麗綰，「妳的契妖要直接現身嗎？為了不打草驚蛇，在船上盡量減少使用咒語。所以他若要參與，就必須一開始便現形，不能等上船後才從結界裡出現。」

「我會再問問他的。」

殷肅霜看向眾人，「在登船前，你們必須分散行動，以白金ＶＩＰ套房和五間普通客房的房客身分登船，雖然登船後有可能變換身分，但大多數時間我們還是以原房客的身分行動，所以選定房間之後就不能再更動——」

「我要住白金ＶＩＰ套房！」璁瓏第一個舉手搶答。

「我也要！」伊凡也跟著開口。「我要和伊格爾一起！」

「那是雙人房。」

「喔，那璁瓏剛好可以退出。」

「憑什麼！」

「不好意思，我也想要。」墨里斯開口，「自由搏擊場和頂級健身中心只有白金ＶＩＰ能使用。」

「這麼說來，有幾間夜店和宴會廳只有白金ＶＩＰ能進入呢……」百嘹看起來非常感興趣。

「……希茉也想要……」希茉難得出聲表達意見，她的目光完全被品酒會給吸引。

「你們這些庶民，去住鍋爐室就夠了。」海棠不屑地冷哼，「論身分，我才是最適合住入頂級套房的人。」

「你去住資源回收中心啦！」

「安靜！」殷肅霜拍桌，制止這幼稚的爭吵，「抽籤決定。」

「等等，你剛不是說我們有四張白金VIP卡?那不就是該有兩間頂級特色套房嗎？」

「另一間是我和瑟諾住。」

「怎麼這樣──」

「因為我是老師，出狀況之後得幫你們善後擦屁股的倒楣鬼。」殷肅霜眼光一凛，閃過不容置喙的威信，「有意見？」

眾人識相地閉嘴。

最後抽籤的結果，百嘹和柳浥晨入住白金VIP的特色套房；蘇麗綰和曇華、希茉和墨里斯、冬犽和奎薩爾分別住入雙人套房裡；封平瀾、伊格爾和宗蜮入住三人套房。

剩下最後一間四人房，則是由海棠、伊凡、璁瓏和不確定是否會加入的終紘包辦。

對於這個抽籤結果，有的人像是撿到彩券中了頭獎一般開心，有的人則像是飯吃到一半發現有隻蟑螂在碗底，堵爛至極。

殷肅霜又交代了一些注意事項之後，便散會。

封平瀾看著會議室，這是他第二次踏入這個房間。

上一次進來，是接到殷肅霜等人的召喚。他的師長們告訴了他學校不為人知的一面，校園生活朝著他更意想不到的方向發展。

沒想到一個學期也過去了。

下一個學期，他們還會在這嗎？

他還是奎薩爾們的契約者嗎？還是影校的學生嗎？

他會不會又變回一個人？

離開會議室時，封平瀾突然想到一個很重要的問題。

「對了，璁瓏，」他看向仍在為抽籤結果憤憤不平的璁瓏，「你搭船沒問題嗎？會不會暈船啊……」

「開什麼玩笑！」璁瓏一臉被嚴重冒犯的模樣，重重地嗤了聲，接著傲視全場地得意宣告，「我可是海上霸主，到了水域就是我的地盤！」

Chapter8

狩獵目標的同時也成了獵物，成了獵物的同時也成了猥褻物

啟航日。

三千多名的乘客，花了一個多小時後，全數登船。封平瀾等人頂著變裝之後的樣貌，持著他人的身分，各自分頭進入了所屬的房間。

至於海上霸主，則是在郵輪啟程後十分鐘，便掛在陽臺邊，開始製造陰陽海。

「嗚嘔嘔嘔嘔嘔嘔——」璁瓏手扶著陽臺欄竿對外狂嘔，嘴裡的水柱有如瀑布般地向外傾洩。

四人房裡共有兩張雙人床，靠近陽臺窗戶的床位是空著的，而另一頭，海棠大剌剌地霸占靠牆的床，躺在床上一邊吃零食一邊玩遊戲機，沒脫鞋也沒戴耳機，遊戲的喧鬧聲在房裡迴響。

椅子和茶几被雜亂的行李堆滿，幾個已經打開的行李箱恣意地丟在地上，占著通道。

終絃站在這混亂之中唯一的空地，彷彿置身孤島一般。他的眉頭深深皺起，他從未遇過如此不堪的環境。

他開始後悔參與這趟任務，雖然他根本不可能拒絕參與。

蘇麗綰是他的契約者，他有義務陪同她出入任何危險的場域。

既然他是任務的執行者之一，只能接受這一切。

但他實在不想住在這房間裡。

陽臺邊的那張床尚無人占據，但是只要靠近一些，就可以聽到璁瓏排放汙水的聲音。進退兩難。

雖然蘇麗綰和社團研的這些朋友非常熟絡，上課時也會聚在一起，但他基本上總是置身事外，不主動與這群人互動。在他眼中，社團研的每個人都是問題分子，他的契約者不該和這樣的人往來。

房門開啟，伊凡興沖沖地跑進門。

「嘿！猜猜看我從船醫那裡弄來了什麼好東西！」伊凡開心地向眾人炫耀。

「暈船藥對他無效喔。」海棠頭也不抬，冷冷地開口。

「不是暈船藥！」伊凡勾起邪譃的笑容，將手伸入口袋，然後獻寶似地抽出袋中物，高舉過頭，「是——止吐塞劑。」

海棠停下遊戲，「那有效嗎？」

「我也不知道有沒有效。」伊凡另一隻手伸入口袋，抓出一大把一樣的東西，「所以我多拿了一些。」

「噢。」海棠隨口應了聲，「你加油。」

「我一個人怎麼可能辦得到！現在不能施咒，你們都得當我的幫手呀！」

站在一旁的終紘挑眉。

你「們」？他也被算入？

又一波嘔吐聲傳來，接著是虛弱的喘氣聲，璁瓏踩著蹣跚的步伐，踏入房間內。

「都是……牛奶不新鮮……」璁瓏死要面子地強辯。

「臭死了，把門關起來。」海棠掩鼻抱怨。

「你才臭……」璁瓏走進房，一腳踩進了地上打開的行李箱內。

「那是我的行李！」海棠怒吼。

「噢，我看它扔在地上，還以為是垃圾。」璁瓏一屁股坐到靠窗的床鋪上，隨手拿起掛在床頭櫃的圍巾擦嘴。

「那是我的圍巾！」

「我以為是毛巾，誰叫你要亂放。早知道是你的東西，我才不會放到嘴邊呢……」

海棠臉色一凜，怒然坐起身，重重地把遊戲機隨手扔到床上。他看向伊凡，使了個眼色。

伊凡笑彎了眼，「我就知道你上道。」

他轉身，坐到璁瓏身邊的空位，假裝要爬上床休息，接著，冷不防地從璁瓏背後，架住了他的雙手，制服住了他的上半身。

「幫我抓他的腳！」

海棠立即上前，兩隻手分別架住璁瓏的兩條腿。

「你們要做什——」

「先拿塊布塞住他的嘴，免得他等一下又變噴泉。」伊凡指示。

海棠用膝蓋壓住了璁瓏的腳，騰出一隻手，然後直接抓過方才被璁瓏拿來擦嘴的圍巾，塞入璁瓏的嘴中。

璁瓏狂力掙扎，用力地揮動四肢，但因為暈船而元氣大傷的他，完全無法掙脫箝制。

「脫他褲子！」

海棠直接扯開璁瓏的褲頭，連拉鍊都被他扯壞。

「哇，你真狂野。」伊凡笑著調侃。

終絃站在一旁，冷眼看著眼前上演的詭異戲碼，認真地考慮是否要離開。

但是在接到指令之前，他必須待在這裡待命。

他從未想過，光是等待也能如此煎熬。

「喂！終絃！」伊凡對著終絃呼喊，「接下來看你的了！我和海棠沒多的手準備塞劑。」

終絃冷冷地看著床上瞎攪和的三人，沉默以對，擺明了不想插手。

伊凡沒好氣地嘆了一聲，「我要和海棠睡同一張床，如果你不想晚上睡到一半被嘔吐物淹死的話，最好幫個忙。」

終絃皺起眉，似乎有點猶豫。趁這空檔，伊凡將整串的塞劑扔向終絃，他下意識地伸手接住。

「至少幫我拆封吧！」伊凡苦笑著請求。

終絃遲疑了片刻，看了看手中的塞劑，最後妥協。他撕開了其中一錠的包裝，遞給伊凡。

「噢！謝了。」

就在這時，門扉再度開啟。

「班導說等一下會有安全演習，要我們注意——」

進門的是蘇麗綰和曇華。兩人在看見室內場景時，愣愣在地，欲言又止了一陣，似乎努力地想了解眼前是什麼景況。

「少爺……」曇華以苦口婆心、諄諄告誡的口吻開口，「這種事要你情我願，勉強不得的。」

「妳想到哪去了?!」海棠惱羞。

「我們只是要幫他塞止吐塞劑！」伊凡笑著解釋。

蘇麗綰看著那抓著一整串塞劑、手中還握著一顆剛剝殼的塞劑的終紘，詫異而又驚奇地開口，「終紘，你要把那整串都塞進去嗎？」

「不、我不是……」終紘把塞劑丟向床面。

頭一次，他在蘇麗綰面前顯得如此手足無措又尷尬不已。

璁瓏趁眾人分心的空檔，用力掙脫束縛，跳到床邊，以凶狠的眼神瞪著房裡的人。

「你們這些卑鄙的混帳，惹火我會讓你們付出慘痛的代價——」忽地，他瞪大了眼，眼眶泛紅，「嗚噁——」

「啊呀！髒死了！」

「我的背包！」

「海棠少爺！別踩到！」

一時間，房裡一片混亂騷動。

蘇麗綰站在一旁，看著騷亂，找不到插手幫忙的時機。

「那、那個，需要找客房服務嗎？」

終紘皺起眉。蘇麗綰把焦點全放在那群鬧事者身上，看也不看自己，他對此感到一陣不悅。

他走向前，直接把一室的混亂拋到腦後，抓起蘇麗綰的手，直接向房門外走去。

「終紘？」蘇麗綰詫異。

「我不想待在這。」終紘冷淡地開口，「去妳房裡待命。」

「可是，他們需要幫忙——」

終絃冷冷地瞥了蘇麗綰一眼，「妳管好妳自己的事就夠了……」

蘇麗綰噤聲，安靜地跟在終絃身後，默默走回房裡。

進了房，終絃直接坐入窗邊的沙發，將頭轉向窗外，擺明了不想被人打擾。

蘇麗綰看著終絃的背影，嘴角忍不住漾起笑容。

她很久沒和終絃獨處了。

平常終絃總是待在鏡中的結界裡，似乎有意避開她。

「妳沒其他事情要做？」終絃頭也不回地開口，似乎覺得站在身後、默默盯著自己的蘇麗綰很礙事。

「那我過去幫忙海棠他們……」

「不需要。」

蘇麗綰笑了笑，也沒有多說，順從地閉上嘴，然後走向終絃身後。

「你的辮子亂了。」她從口袋中拿出梳子，「我幫你梳。」

終絃瞥了自己的髮尾一眼。繫在髮上的紅繩鬆開，原本成束的辮子變得鬆散，八成是方才在混亂中弄亂的。

「不必。」終絃抽下繫在髮上的紅繩，細長的黑髮披散下來，有如綢緞。

蘇麗綰伸出手，默默地遞上梳子。

終絃看了梳子一眼，接下，轉過身開始梳理起自己的長髮。

蘇麗綰就坐在終絃面前的床鋪邊，看著他梳頭。

室內非常安靜，只有梳子滑過頭髮的窸窣聲。

她靜靜地享受著這片刻的祥和時光。

終絃一邊梳著頭，目光刻意避開蘇麗綰的視線。但他知道，對方正用著含蓄卻熱切的目光盯著自己。

「伊凡他們人很好，很有趣呢。」蘇麗綰打破寧靜，忽地開口。

終絃抬眼看了蘇麗綰一眼。對方的臉上漾著笑容，像是想到什麼有趣的事。

「你也可以多和他們往來。」蘇麗綰笑道。

終絃不予置評。

他不喜歡和別人互動。他知道，蘇麗綰也是。

但他發現蘇麗綰在進入曦舫之後，變了不少。笑容變多了，外出次數變多了，朋友變多了，話也變多了。

她總是喜孜孜地和他分享大小生活瑣事，即便他總是視若無睹、置若罔聞，但她仍然興致勃勃地對著不理會自己的人述說著一切令她開心的事。

他發覺她變得有點像封平瀾，那個擁有六隻契妖的少年。

他發現，自從認識了這些朋友後，蘇麗綰似乎過得越來越開心……

似乎，變得不像以往一樣，那麼依賴著自己。

這個念頭，令終紘蹙起眉頭。

他拿起紅繩，草草地將頭髮紮起。

「你以前都會讓我幫你編辮子。」蘇麗綰突然開口。

「那是以前。」終紘冷然回應。

「那以後呢？」蘇麗綰追問，「我還有機會幫你編辮子嗎？」

「等妳成為能獨當一面的召喚師，就可以任意命令使喚妳的契妖……」終紘不帶感情地給了個不冷不熱的答案。

蘇麗綰微笑。她起身，伸手掬起了那細軟如緞的髮辮。

「那我可要好好努力了。」

終絃本想斥喝，但蘇麗綰早一步放開手。

「逃生演習快開始了，我得去提醒其他人。」她微笑著，旋身走向門邊，「晚點見。」語畢，逕自離去。

留在屋裡的終絃，終於能夠享有個人空間。

但不曉得為何，他的內心卻煩亂不已，無法安定。

陽臺客房裡，倀貊打開行李箱，拿出藏在夾層裡的兵器，那是三把銀鉤，鉤子的刃面纖薄鋒利，刀尖銳利如刺。

他將兩把彎鉤藏入袖中的暗袋裡，接著拿起手機，撥打電話。

「我已順利登船。」

「看見東尉了？」電話彼端傳來祿鰲的聲音。

「尚未發現他的蹤跡。」倀貊回應，「但我看見了瓦爾各，他帶著一個大行李箱，住入頂級的特色套房之中，那應該就是東尉的住房。」

沒有人會幫來監視自己的妖魔安排那麼好的房間，沒有必要對潛在的敵人慷慨。倀貊篤定地想著。

「找出他開展通道的地點，看他是否做出有損三皇子利益的事。必要時，直接處決。」

「我非常期待。」

「下手乾淨些，別留下痕跡。檯面上，我們還沒打算和綠獅子撕破臉。」

「我會的。」

倀貊掛上電話。忽地表情一凜，扭頭望向門板。

他的本能讓他感覺到，有人在外頭窺伺。

是東尉的人？他的行蹤已被發現？

倀貊警覺地起身，藏在袖裡的銀鉤露出。他緩緩地走向門邊，聆聽了片刻，然後猛地打開門。

外頭沒人。只有走道的彼端，有一名戴著帽子的男子，正悠閒地拖著行李箱，緩緩地從轉角處現身。在經過倀貊的房前時，他禮貌性地投以一笑，然後繼續向前。

倀貊盯著對方遠去的背影，接著又望向走道的另一頭。有一票人正鬧哄哄地下樓，聲音從樓梯間遠遠傳來，儼然就是一般旅客。

倀貙又停頓了幾秒，才退回房門。

若是早幾秒出門的話，他便會發現，那個拎著行李箱的男子，原本站在他門外。在他來到門邊的那一刻，男子便以詭奇而輕盈的腳步，快速地退回到走道轉角處，然後在倀貙準備開門時，緩緩步出，看起來像是才剛走上樓，尚未經過走道的樣子。

男子在倀貙關上門後，轉過頭，揚起微笑，接著折返，開啟倀貙隔壁的房間，住入其中。

警覺性挺高的嘛……

男子暗忖。

他蹲下身，打開行李箱，卸下夾層，像是拿出珍藏的寶物一般，輕輕地取出銀灰色的鎖鍊，放到行李箱的蓋上。接著，猛地揮起鎖鍊，朝空中一甩，彎折的金屬鍊瞬間變得筆直，有如鋼杵。

看來不太好對付呢。

他苦笑。

夜晚的汪洋，漂行海面的海上皇城，獵犬、黃鼠狼和狐狸，彼此是彼此眼中的獵物。

究竟誰是最後的贏家？

郵輪啟航後約一個小時，全船進行安全演習。不同等級的乘客，分別前往了不同的聚集點進行安全說明。一般乘客是進入大戲劇院，而白金等級以上的客人，則是聚集在皇家宴客廳。

透過演習，封平瀾等人鎖定了幾名白金等級以上的客人。

演習結束，眾人各自返回房間，或是進入船上的各項設施裡。船上的娛樂設備非常齊全，電影院、戲劇廳、賭場、購物中心、SPA 美體中心、健身房、獨家限定的美食餐廳，甚至連畫廊和圖書館也有。

三千多名遊客在船內移動，享受著夜生活的樂趣，整座船上的人來來往往，沒人甘於守在房內浪費光陰。

除了嚴重暈船的人以外。

演習結束後沒多久，返回各自房間的封平瀾等人同時接到了殷肅霜的指令。

行動開始。

「叩叩。」

一間外雙人廂房的門扉，傳來了禮貌的敲門聲。

冬犽打開門，只見年輕的船務人員站在門口，客氣地開口。

「客房服務。請問有什麼需要幫忙的？」

「噢，是這樣的，我們的廁所好像出了點問題，水一直排不下去……」冬犽將對方領入房間，服務員不疑有他，跟著進入。

五分鐘後，換上船務人員服裝的冬犽，退出房間，前往洗衣中心。

他不動聲色地混入人群之中，悄悄地弄了幾套制服到推車裡，然後低調地返回。

「叩叩。」冬犽敲了敲門，「客房服務。」

封平瀾打開門，屋裡還有希茉、墨里斯和伊格爾。

冬犽將裝在布袋中的衣物交給封平瀾，然後壓低聲音，像是在透露什麼祕密似的，小聲開口，「他們沒有用柔軟精，穿起來可能不是很舒服，熨燙的線條也不夠直……」

封平瀾咧嘴一笑，「啊呀，論家事，沒人比得上你呀，冬犽。」

冬犽回以一笑，接著將制服送到其他房間裡。

白金ＶＩＰ所在的頂級特色套房裡，隱隱傳來電視的聲響，以及明顯的煙味。

雖然照理說船上應該全面禁菸，但對於白金ＶＩＰ而言，不必遵守某些規範也是他們的特權之一。

瑟諾躺在床上，背靠著牆，一邊抽著菸，一邊漫不經心地看著異國的影集。

床頭櫃旁的菸灰缸堆滿了菸蒂，有些甚至掉到地面。

幾分鐘前，殷肅霜從冬犽手中拿到了賭場荷官的服裝。他褪下了原本的灰色西裝，穿上那全套的黑白色制服。

更衣時，瑟諾的目光從電視轉移，停留在殷肅霜的身上。

殷肅霜的肌膚非常白皙，是帶著點病態的蒼白，皮膚底下的血管清晰可見，骨節亦突出分明。

「你的藥草茶裡可以加點類固醇。」瑟諾吸了口菸，緩緩吐出，「看你會不會變得像宗家的小胖子一樣圓潤。」

殷肅霜頭也不回，繼續更衣，「你很清楚，藥茶裡添加了別的雜質我就無法飲用，而宗蜮碩大的軀體也只是表象罷了。」

「喔。」瑟諾應了聲，吸了幾口菸，捻熄，然後抽出新的一根，「這是我第七次看見你的裸體。」

殷肅霜停頓下扣衣釦的動作，皺眉，回頭看了瑟諾一眼。

「你特地計算？」

「沒有。不知道為什麼，就記得了。」瑟諾打了個呵欠，抓了抓肚子，「就像是園子裡的每一株植物花開花謝的日子，沒有特別去記，但就是記住了。」

殷肅霜漠然地哼了聲，「希望你也能準確地記得上班時間，還有定期洗澡。」

「我昨天洗過。」瑟諾舉起手，「不信的話你可以聞。」

「我只聞到煙味。」殷肅霜更衣完畢，轉身看向依舊賴在床上的瑟諾，「你不能認真點？」

「才剛開船，有事也不會現在發生。」瑟諾老神在在地說著。

殷肅霜沒好氣地哼了聲，接著打開行李箱，拿出一套看起來價格不斐的名貴西裝，放到瑟諾的床上。「換上你的衣服。動作快。」

瑟諾瞥了西裝一眼，煩悶地嘆了聲。

「不能扮成清潔工嗎？我實在不喜歡這種衣服……」

殷肅霜雙手環胸，瞪著瑟諾。

瑟諾乖乖地捻熄香菸，坐起身，開始更衣。

趁著瑟諾更衣的時間，殷肅霜打開電腦，再一次地確認資訊。

不到三分鐘，瑟諾開口。「好了。」

殷肅霜回過頭，只見那高級的成套西裝，凌亂地穿在瑟諾的身上。鈕釦扣得亂七八糟，背心也垂在胸前。衣服下襬沒紮，褲管塞了一小段在襪子裡，鞋帶鬆開，領帶也只是隨性地打了個結在脖子上。外套的肘部，還因襯衫的袖子堵塞而腫起一塊異常的突起。

殷肅霜深吸了一口氣。

算了，他早該料到會有這樣的情況。一年到頭都穿著運動服配拖鞋的瑟諾，不可能在這麼短的時間內把西裝穿好。

殷肅霜走上前，沒多說什麼，逕自認命地幫瑟諾整理服儀，幫他扣上衣釦，順平衣袖，打上領帶，並把皮帶扣到合宜的位置。

接著單膝跪下，為瑟諾繫鞋帶。

瑟諾站在原地，像是人偶一樣，任憑殷肅霜幫他打理。

「我喜歡那小子。」瑟諾忽地開口，「他來了以後，多了不少樂趣。」

殷肅霜沒回應。他知道瑟諾說的「那小子」，指的是封平瀾。

「雖然有很多東西改變了，但我覺得很好。」瑟諾沉默了片刻，「……如果理事長的預言成真的話，他之後會怎麼樣呢？」

「事件結束的話會安排他回日校，或者是轉到其他安全的地方，我們也會給予保護和援助。」殷肅霜給了個官腔而不帶感情的答覆。

「喔。」瑟諾抓了抓臉，「那也得他存活下來才成立吧。」

殷肅霜不語。

繫好鞋帶後，殷肅霜站起身，拿過梳子和髮蠟。

「坐下。」他對著瑟諾下令。

瑟諾照辦，坐在床沿。

殷肅霜將瑟諾那一頭雜亂如街友的亂髮梳順，抹了點髮蠟，並將略長的頭髮梳到腦後，以一條皮繩固定。

定裝後的瑟諾，外表煥然一新，截然不同，若非他一臉懶散的痞樣，看起來就像是個上流社會的權貴子弟。

「注意你偽裝的身分。」

「還沒踏出房門，出去了再說。」瑟諾懶懶地回應。

「別糟蹋了這身裝扮。」

「你喜歡嗎？」瑟諾忽地追問。

殷肅霜挑了挑眉，「不討厭。」

瑟諾勾起了深深的笑靨。

Chapter9

他從容地利用靈巧的手指，控制著那密穴的開與閉，引領肉體登上高峰與深谿——懶得解釋，自己想

偽裝成一般艙房服務人員的伊格爾，注意到一名持有黑金卡的客人，便立刻通知所有人。

「他往二樓的尊爵美體 SPA 前進了。有誰能去支援？」

「我！」封平瀾自告奮勇。

畢竟他有數年在里長辦公室幫爺奶們搥背按摩的經驗，混入 SPA 中心比較容易魚目混珠。

「不過，那裡面好像只有女性員工。」

「啊？」封平瀾轉頭，看著還留在自己房間待命的希茉，「希茉可以和我一起去。」

「了解。」

希茉瞪大了眼，對於封平瀾擅自的決定慌張不已。

「我、我不會那個……」

「別擔心，我來按，妳在旁邊配音就好。」封平瀾拍胸脯保證。

這樣有辦法蒙騙過關嗎？

希茉相當懷疑，但似乎已經沒有反悔的餘地了。

她換上了SPA中心的制服，和封平瀾一起行動。兩個人拿著瑟諾準備的迷香，對櫃檯工作人員下了暗示，讓對方相信兩人都是新來的美體師，而且受到裡頭的黑金會員指名服務。

進入SPA中心後，黑金會員早已在個人包廂內等候。

希茉推開門，只見一名精壯的男子，披著浴袍，坐在包廂裡的沙發等著。是瓦爾各。

他早就想嘗試紓壓按摩的滋味。以前在德利索家時，定期會有美體按摩師來按摩指壓，他曾經目睹過幾次，看起來真的非常舒服。

為此，他不得不佩服人類的智慧。

「你、你好……」希茉努力地維持鎮定。「請、請躺在按摩床上。」

「妳好像很緊張？」

「我、我是第一次……」希茉說出口之後，覺得不妥，趕緊改口，「第一次幫肉體如此激發渴望、點燃欲望之火的英猛男人服務……」

躲在門後等待的封平瀾聞言，尷尬地抓了抓臉。

這樣的發言沒問題嗎……

幸好瓦爾各也是個不諳人事的妖魔，對於希茉的發言沒什麼感覺。

他褪下浴袍，露出赤裸的身軀，然後圍了條毛巾在腰部，趴到按摩床上。

希茉搗著嘴，努力地壓抑想尖叫的衝動。

瓦爾各躺好之後，希茉退到門邊，悄悄開門，讓封平瀾進入，然後自己站在一旁，不敢妄動。

封平瀾走向按摩床，往手上倒了些精油，老練地在瓦爾各身上壓按。按到筋骨關節處時，瓦爾各發出了舒爽的讚嘆聲。

「太棒了。」

封平瀾回頭，對希茉使了個眼色。

「噢噢，謝謝誇獎……您、您也非常棒……我從沒見過，如此悍勇的男人……我的靈魂深處，因您的軀體而蕩漾……」希茉斷斷續續地回應。

封平瀾皺起眉。

要是別人經過的話，會不會以為這裡是情色桑拿？

封平瀾繼續壓按。希茉冷靜點了之後，便開始發話。

「您、您是黑金會員呀……我第一次看到持黑金卡的乘客呢……」

「嗯。」

「您的位階一定很高吧？是主任等級嗎？還是——」

「我不想被打擾，請妳安靜地進行自己的工作。」瓦爾各打斷了希茉的問話。

「喔，好、好的……」希茉望向封平瀾，向他求救。

封平瀾打量了房間一圈，看見了位在角落的置物櫃，便以眼神意示希茉過去，看能不能搜出什麼線索。

希茉踏著輕盈的腳步，移動到櫃子邊，輕輕地打開。櫃子裡頭放著的是瓦爾各的衣物。她伸手往衣服的口袋裡探了探，抽出了一張黑金卡。

她舉起卡片，封平瀾以唇語告訴希茉，要她拍下黑金卡的照片。

希茉立刻照做，拍完之後小心翼翼地把卡片放回。

當兩人打算找個藉口離開時，趴在床上的瓦爾各動了動身子。

封平瀾和希茉站在原地，不敢妄動，緊張地看著瓦爾各，思考著要怎麼應對接下來的情況。

但瓦爾各只是伸展了一下身子，仍舊趴在床上。

「這感覺真不錯……」瓦爾各再次讚嘆。

「謝謝……那個，我必須——」

當希茉正打算藉故離開時，瓦爾各開口提出了新的要求，「我要追加特別服務。」

「啊？」希茉錯愕，慌亂地看向封平瀾。

什麼是特別服務？不就是美體按摩，大同小異，有什麼特別的——啊！

難道這個美體中心是做黑的?!特別服務指的是……那方面的服務?!

封平瀾對自己推想出來的答案感到震驚。

天啊……

希茉看著封平瀾，等候對方的指示。

看來是騎虎難下了。

他看著希茉，悲壯地點了點頭。

「知、知道了………」希茉開口，「那個，我是新來的，可能不太熟練，還請見諒。」

「無所謂。」瓦爾各的語調中，有著明顯的期待與愉悅。

封平瀾站在按摩床邊，快速地心理建設了一番，接著，深吸一口氣，像是確認遺體的家屬一般，鄭重地掀開蓋在瓦爾各臀部的毛巾。

然後，面色凝重地拿起整罐精油，用力擠壓瓶身，往瓦爾各的股間倒下。

希望精油的滑膩，能夠阻斷觸感……

大半罐的精油傾瀉，在瓦爾各的股間積聚一灘蜜色的湖泊，湖水緩慢地往兩腿中央的空隙下滲漏。

封平瀾神聖而莊嚴地舉起手，在心裡訣別。

親愛的右手，很抱歉讓你做這樣的事……

封平瀾咬牙揮動手臂，往瓦爾各兩腿之間的空隙，猛地揪捽而下。

驚惶而憤怒的怒吼聲隨之響起，震動整間按摩室。

「你在做什麼！」

瓦爾各驚慌地自按摩床上彈立而起，跳下床，當他發現屋裡竟然有另一人存在時，更加驚訝了幾分，「男的？」

「抱歉抱歉！」封平瀾立刻彎腰鞠躬，「我是見習生，新來的，還搞不清楚中心的狀況，沒能讓您徹底紓壓宣洩，真的非常抱歉！」

「你在胡搞什麼！特別服務是指能量石養生護理療程！」瓦爾各抓起放在一旁矮桌上的服務簡介卡，用手背用力地拍了拍。

「呃！」原來不是做黑的啊！「抱歉，我們以為您要的是另一種特別服務！真的萬分抱歉！請問我剛才弄痛您了嗎？我的指甲沒剪，是不是刮到您的皮——」

「你閉嘴！」瓦爾各怒不可遏，感覺被嚴重冒犯。他抓起放在椅上的浴袍，打算披上後直接出去找主管理論。

「先生！等等——」

就在封平瀾和希茉以為覆水難收時，房門再度開啟。

另一個精碩結實的人影步入。

是墨里斯。

墨里斯進了房間，神色自若地卸下浴袍，露出了只穿著四角褲的精實身軀。他的態度自然，彷彿熟客，有著內行人般的自信與自傲。

瓦爾各看見墨里斯，挑眉。

他很少遇到體型和他相當的人，他從那一身剛毅的肌肉看得出，對方也是個練家子。

而且，實力不錯。

體內的武鬥魂燃起，產生了高手過招的躍躍欲試。

「特別服務需要事先預約，刁難服務人員只顯示自己的無知。」墨里斯輕蔑地對著瓦爾各開口，「搞清楚狀況很難嗎？不要影響其他客人。」接著，他看向希茉和封平瀾兩人，「這一節輪到我，就和平常一樣。」

「是是是。」希茉和封平瀾誠惶誠恐地應聲，希望眼前的戲碼能夠蒙混過關。

至少目前看來，瓦爾各對墨里斯的興趣，遠超過對他們兩人興師問罪。

瓦爾各直視著墨里斯的身軀，以挑釁的目光上下打量了一番。墨里斯傲然回視，有如在審視難得棋逢敵手的對象。

在一旁顫抖著觀望的封平瀾與希茉，彷彿看見，有一道充滿汗水與肌肉的火光，在兩座雄性軀體之間迸發。

瓦爾各率先開口，輕笑著嘲諷，「年輕人身體卻如此纖弱，是不是船上舉辦了賑災餐會，讓饑荒的難民上船？」

墨里斯輕蔑地看著瓦爾各的胸膛，不干示弱地回敬，「那是胸肌嗎？這麼鬆軟垂墜，我還以為是你的圍巾。」

第一回合，唇舌之爭，兩人不相上下。

「船上有搏擊場。」瓦爾各再度開口。

「我知道。」墨里斯哼聲。

「我會等你出現。」瓦爾各下了戰帖，「別臨陣脫逃了。」

「彼此彼此。」

瓦爾各盯了墨里斯片刻，勾起期待的笑容，繫好浴袍，步出房間。

希茉和封平瀾此時才敢鬆了口氣。

「謝了，墨里斯。」封平瀾心有餘悸地拍了拍墨里斯的肩，「你成功地解救了一場危機。」

「蘇麗綰在巡邏時察覺到異狀，叫我過來支援。」墨里斯簡單解釋了適時出現的原因，「那傢伙就是持有黑卡的人？」

「對，我們把它拍下來了，看班導那裡能不能查到什麼。」

「他是妖魔，他的腰後有紋身。」希茉小聲地說出自己剛才觀察到的情報，「我以前在幽界看過那種紋身，那是座狼族的圖騰……」

「座狼？」墨里斯略微詫異，「那個種族不是早已被滅絕了？」

「可能在殲族之前就被召來人界，成為契妖吧……」

「這樣呀……」

該感謝召喚師嗎？

他們來到人界以後，看見了不少罕見的族裔。有些在幽界早已絕跡的妖魔，因為被召來人界，避開了幽界的戰爭，而倖存下來。

被召喚師召來人界成為僕役，雖然不幸，但卻因此躲過了戰爭。是福是禍，有時難以定調。

「先不管那些。」墨里斯趴上了按摩床，「幫我按一下，這陣子身體痠痛，需要舒緩一下。」

「啊？可是現在不是在執行任務中？」

「我剛才幫你化解了危機，你又查出了一名契妖的存在，我們的進度已經超前其他人，稍微休息一下也是合理的。」墨里斯不耐煩地拍了拍頸子，「動作快，別浪費時間。」

「喔喔！好的，那等我一下。我先去洗個手，再幫你上精油……」

「幹嘛那麼麻煩，你手上不就有一堆？」

「喔，可是這些油剛剛浸潤過那位先生的該邊喔……」

「那你還拿它來拍我的肩?!」墨里斯惱火。

「不好意思啦！」

當封平瀾等人和瓦爾各周旋之際，冬犽則是趁著空檔回到了房內，脫下了艙房服務人員制服，換上米其林餐館的服務生制服，往餐廳區移動。

路途中，他和身穿著燕尾服的百嘹迎面相遇。

「晚安。」百嘹笑著開口。「請問晶燦酒吧的位置在哪？」

冬犽揚起客套的笑容，「通路口都有電子觸控導覽可以查詢。」

「我看不懂地圖，你可以帶我去嗎？」百嘹誠懇地請求。

路上人來人往，冬犽無法直接拒絕，只好笑著答應，「沒問題，請跟我來。」

「謝謝。」

冬犽領著百嘹走入不遠處的電梯。他們一踏入之後，百嘹立刻按關門鍵並快速按下樓層，讓冬犽沒有退出的機會。

冬犽看著百嘹，百嘹沒回頭，只盯著電梯門上方的數字，看著一層一層的號碼閃過。

「晶燦酒吧不在十四樓。」

「噢，無所謂。反正本來就不打算去。」

冬犽狐疑地盯著百嘹，不知道對方打什麼主意。

幾秒後，百嘹開口，「奎薩爾呢？」

冬犽挑眉，回答，「他在『外頭』。」

奎薩爾認為，船艙內設有結界，一舉一動或施咒的波動都有可能引發注意。因此，他從外頭著手，進行偵察監視。

他開了窗，站在陽臺邊，接著縱身一躍。

下墜時，船艦外壁的影子向上隆起，包裹住那修長的身影。

接著，一道更深、深過夜影的黑暗，自人影消失處擴散，包覆了整座船。

靜默無聲而又凝練迅速，這就是奎薩爾的行事風格。

「喔。」百嘹應了聲，看起來並不是很感興趣。

「你找我只是為了問我這個？」

「你期待更多？」百嘹笑著反問。

冬犽皺眉，不再開口。

抵達十四樓，電梯停止移動。

「叮咚。」

百嘹向前一步，等待門扉開啟。

「噢對了。」當門開啟的那一刻，百嘹正眼望向冬犽，「這套外場服務生的制服，讓你看起來很迷人。」

冬犽微愣。

金色的人影隨即步出電梯。

留下一頭霧水的冬犽。

「莫名其妙……」他對著無人的電梯低啐。

嘴角卻不自覺地揚起淺笑。

封平瀾離開 SPA 中心後，折返回房間，換上一般艙房服務人員的制服，提高在船內移動的機動性。

他特別去了璁瓏的房間一趟，探訪那臥病在床無法一同行動的傷兵。

他拿著海棠給的房卡，開啟房門，一股濃濃的酸腐味飄散而出。

璁瓏整個人掛在陽臺邊，像是垂死的魚一樣。

「你還好嗎？」封平瀾前去探視，「要不要躺在床上？」

「我在這裡就好……」璁瓏虛弱地回應，「室內讓我更不舒服……」

「喔……」封平瀾看著璁瓏，本想拿條被子幫他蓋上，但卻發現棉被上沾了他的嘔吐物。

封平瀾脫下外套，蓋在璁瓏身上，接著將髒了的被子捲起帶出房間，打算有空的時候再拿乾淨的棉被來換。

他繞去了白金VIP的特色套房區，想看看班導或瑟諾是否在房內，以便向他們要些能治療妖魔暈船的藥物。當他走到一半時，塞在口袋中的電話忽地響起。

封平瀾手忙腳亂地拿出手機，上頭顯示的是沒看過的電話號碼，全以亂碼符號組成。

這是誰啊？

電話持續作響，他接起電話。

「喂？哪位？」

「嗨！是我。」誇張的笑聲從話筒傳來。

「蜃煬？」封平瀾訝異，不自覺地揚起聲音，「怎麼了嗎？有什麼重要情報要我轉告嗎？還是發生了什麼事？」

「噓，小聲點。」蜃煬帶著笑意的聲音傳來，「走道上說話不要張揚，去找個角落。」

封平瀾眨了眨眼，左右張望了一下，移動到走道的角落，壓低了聲音，「你也在船上？」

「噢，沒有。」電話傳來咀嚼的聲音，看來對方正在吃東西，「我還在雅努斯，正在看好戲。」

海洋的彼端，島嶼北方，荒涼郊野的地底下，蜃煬一手拿著玩具塑膠話筒，一手拿著整桶的爆米花，興奮地盯著魚缸。

魚缸裡擱著他之前常玩的套圈圈遊戲機，方形的機臺將影像投射到魚缸上。上頭的影像，是封平瀾所處的亞可涅號的情景。透過魚缸，蜃煬可以清楚地看到封平瀾周遭的環境，以及他的一舉一動。

「耶？」封平瀾困惑，「那你怎麼——」

「廢話不多，我特地冒著風險聯絡你，給你一個最新情報。」蜃煬故作神祕地開口，「先答應我，不可以告訴別人唷！可以嗎？」

「喔，好的！沒問題！」封平瀾在嘴上做出拉拉鍊的動作，他不知道蜃煬全看在眼裡。

蜃煬抓了把爆米花丟到嘴中，笑了一陣。

「往下走。」蜃煬興奮地下著指令，「到七樓，第四走道的七〇七號內廂房。在那裡，你會看到非常——有趣的東西。」

「啊？」這個沒頭沒腦的指令讓封平瀾猶豫，「是什麼呀？」

「不能說，說了就破壞驚喜了。你自己去看就知道。」蜃煬嗤嗤笑了幾聲。

「驚喜喔……」這樣的話，應該不會很危險吧……

「快點快點。」蜃煬催促，「記得先把你手中那塊臭棉被解決掉。」

「喔喔！好的。」封平瀾忍不住又張望了一番，他實在很好奇蜃煬是怎麼有辦法知道他的舉動的。

「快點去！」

「是是是。」

封平瀾趕緊照辦，掛上電話，照著蜃煬的指示行動。

蜃煬坐在那凌亂的長桌前，笑眯了眼，像是在觀賞影片一樣，盯著魚缸。

魚缸裡的遊戲機是移動空間中繼點。他曾送給封平瀾一個，告訴他，透過這東西，封平瀾可以自由地來到雅努斯。

但封平瀾不知道，透過這東西及血液，他可以從任何地方觀察監看封平瀾的舉動。甚至直接壓縮空間，將對方從遊戲機的通道裡，拉到自己所在之處。

看著匆匆往七樓移動的封平瀾，蜃煬笑彎了眼。他舔了舔指尖的糖粒，雀躍地看著魚缸，目不轉睛。

見到面之後，不曉得會有什麼樣的發展呢？

天啊！他太期待了！

特別是，奎薩爾那臭臉一哥趕到時的表情……啊！太有趣了！哈哈哈哈哈哈！

蜃煬的目光瞥向了長桌的角落，看著那曾經破碎過、但被他一一組裝拼起的馬克杯。

「抱歉囉，我是個心胸狹窄的人……」蜃煬低聲自言自語，「你弄壞了我珍藏的寶貝，只好讓你嘗點苦頭了……」

船艙內另一角。

百嘹和冬犽分開之後，便獨自前往白金ＶＩＰ以上等級乘客專屬的溫泉中心。

根據伊凡的情報，他們看見一名疑似持有黑金卡的男子，前往溫泉。

百嘹進入溫泉中心後，便向櫃檯人員示出他的白金卡，以及迷人眩目的笑容。

「抱歉，我有個問題想問一下。」百嘹漾著魅力四射的笑容，對著女服務生開口，「今天是我朋友的離婚紀念日，我準備了一份禮物想放進更衣室裡，給他個驚喜，請問妳可以告訴我他的置物櫃是哪一間嗎？就是剛剛進去、持黑金卡的亞歷斯先生。」

櫃檯人員有點猶豫，「那個，我們不能透露客人的隱私……」

「我了解。」百喨擺出了非常能諒解的表情，「這是你們的職責，妳非常盡職。」他讚許地點了點頭，接著苦笑著嘆了口氣，「那我還是乖乖地坐在這裡等他好了。」語畢，便拉開櫃檯前的椅子，坐下，「希望不會影響到妳。我猜他應該很快就會出來的。」

櫃檯人員看著百喨，萬分糾結，因為她知道，亞歷斯先生大約十分鐘前才進去，至少要一個小時才會出來。

她看著笑容誠懇的百喨，非常不忍讓對方在這裡呆坐一小時。

應該不會有問題的，況且，這位先生是白金等級的會員，也不可能做出什麼違規的事……

她在心中說服了自己，接著湊過頭，小聲地對百喨提示。

「你可以進去個人更衣室區看看……右側的個人更衣室，目前只有一間掛著使用中的牌子。」

百喨綻起燦爛的笑容，誠懇而感激地握住了對方的雙手，「真的太感謝妳了！」

被握著手的櫃檯小姐滿臉通紅，尷尬地咳了聲，回以傻笑。

百喙大方地走入更衣室區，來到了右側走道，前進幾步，便看到某間個人更衣室門上，掛著「使用中」的牌子。

他走上前，聆聽了一陣，接著扭開門把，迅速閃入。

個人更衣室裡頭有梳妝檯、體重機，以及獨立的置物櫃。置物櫃是上了鎖的，但這構造簡單的鎖在百喙面前根本不構成阻礙。

他走向置物櫃，拿出工具，輕鬆地撬開門板，接著探入頭，搜索著黑金卡的下落，整個過程非常流暢，他預計不用五分鐘就能全身而退，不會有人發現他進來過——

「那是亞歷斯先生的櫃子。」

低沉的男音冷不防地從百喙的背後響起。

百喙微愣。

什麼時候有人進來的？

但他仍不動聲色，故作從容自若地繼續著自己翻找的動作，「噢，是啊。我是他朋友，來幫他拿個東西。」他一邊回答，一邊揣測著等一會可能發生的各種狀況，想著該如何應對反擊。

「亞歷斯先生的朋友？」百嘹背後的男子輕笑，「你必定是非常博愛，才能和那樣的人往來。」

百嘹聳了聳肩，心中產生了各種疑問。

這人到底是誰？聽起來不像是來興師問罪的，從剛剛的對話中，他感覺不到對方的動機。

「你知道嗎？」男子的聲音更接近百嘹，但百嘹完全沒聽見對方的腳步聲。「郵輪上如果發現小偷的話，會把竊賊的手銬住，關在空著的內艙房裡，直到靠岸……」

「噢，是嗎？」百嘹的手中，悄悄地蘊釀著妖力，情勢一旦有異，便隨時發動攻擊。

「所以呢？」

「這樣的話，」男子笑著說道，「我們兩人就要當兩天室友了。這也是我第一次和男人做的事。」

百嘹錯愕。

這人在說什麼？更重要的是，他突然覺得，那帶著笑意的嗓音有點耳熟。

「不好笑嗎？」男子的語調聽起來有點苦惱，「不然，你還是教我做翻糖蛋糕吧。」

百喙猛地回過頭，一張溫文儒雅的熟悉俊顏映入眼中。

他驚訝地喚出了對方的名字——

「清原謙行？」

瓦爾各離開SPA中心之後，前往歌劇院，但坐沒多久，便接到了東尉的電話。

「準備幹活了。」東尉說著，「半小時內，到七樓第四走道的七〇七號房外找我。」

「了解。」

瓦爾各掛上電話，雖然離指定的時間還早，但他仍步出歌劇院，搭上電梯，前往東尉指定的地點。

七〇七客房是最普通平價的內艙房，沒有窗戶，對外封閉。瓦爾各站在門外，看著那陽春樸素的門板，心中不禁納悶。

東尉讓他住頂級的房間，自己卻住在這麼簡陋的房裡是為什麼？

房裡隱約傳來了對話聲，讓他忍不住豎耳聆聽。

有人在裡頭？他以為東尉是一個人行動。

對方是誰？為什麼不讓他知道？難道東尉真的打算對三皇子不利？但東尉對三皇子並不老實的事，他早就知道了，並不需要刻意隱瞞……

「……我可以上去玩嗎。」青澀的嗓音詢問。

「恐怕不行。」東尉回答。那語氣，是瓦爾各從未聽過的溫柔與憐愛。「抱歉，得讓你在這兒等待，辛苦你了……」

「沒關係的。你工作忙還帶著我行動，你才辛苦了，我會乖乖地在這裡等著的！」

「……如果無聊的話，走道的底端有條員工專用的通道，能抵達圖書館。拿著我的卡，你可以自由出入，拿走任何你想看的書。」

「真的嗎?!」

「但是別在外面停留太久，我會擔心。」

「我知道了！」

接下來，東尉再度交代了些東西，便走出房門。

看見站在外頭的瓦爾各時，東尉挑起了眉，「你來多久了？」他詢問，語調中帶著點難以察覺的惱怒。

「八分鐘左右。」瓦爾各老實回答。他也不掩飾自己聽見了房中有人，率直地開口詢問，「房裡的人是誰？」

「與你無關。」東尉冷聲回應。

瓦爾各識相地閉嘴，靜靜地跟在東尉身旁。

每個人都有不能被觸碰的底線。

而東尉的底線，就是方才房裡的人。

雖然好奇，但他不會無聊到自尋死路。

東尉是個危險的男人。他相信，激怒了對方，不管是任何人，都會得到慘烈的下場。

當東尉和瓦爾各步出房門，往南側的樓梯間走去的同時，封平瀾正搭入中央電梯下到七樓。

電梯緩緩下降，封平瀾看著逐漸減少的數字，猜想著等會兒會看到什麼。

兩方人馬，逐漸接近，最快十分鐘內將會碰頭！

蜃煬興奮地看著魚缸，他抓著把爆米花，屏氣凝神。偷窺般的快感，讓心跳也不自覺地加速。

到底會怎樣呢？

天啊！太刺激了！就好像恐怖片裡鬼怪即將要出現的場景一樣，讓人又期待又緊張呀！

「鈴！」

忽地，煞風景的鈴聲響起，提醒著屋裡人有訪客到來。

蜃煬皺眉。

誰啊……

腳步聲從樓梯頂端傳來，往地下室最底層移動，蜃煬懊惱地哼了聲。

「真掃興……」

他將手伸入魚缸裡，把套圈圈遊戲機覆上，缸內的畫面消失。

下樓的腳步聲來到了門邊。

「幽房闃鬼火，春院閉天黑。」抑揚頓挫的聲調裡帶著嫌棄，吟誦出文白夾雜的語句，「無正氣以擋瘴癘，然邪穢之至矣亦無可汙之處。」

蜃煬看見來者，用力翻白眼，毫不掩飾厭惡，「葉珥德？」啊，討人厭的做作鬼。「你來幹嘛？」

葉珥德打量四周，搖了搖頭。

「受人之託，忠人之事，雖榛莽穢蕪之地，必也——」

「叭啦叭啦——我聽不懂！」蜃煬沒禮貌地直接打斷，「我討厭你，你也討厭我，我們就別彼此折磨，說完你要說的話就快點走吧。」

快點離開，不要干擾他看好戲！

葉珥德皺眉，似乎對蜃煬的無禮感到不悅，但對方所說的話也有幾分道理。

「吾來轉交禮品。」葉珥德拿起一個小紙箱，上頭貼著協會的封條，蓋滿了印章。

「聖誕節之賀禮。」

「聖誕節？」蜃煬輕笑，「現在都已經一月底了呢。」

「某君於聖誕節置禮物於傳送之聖誕樹下，欲送來此地。然，因汝輩所處之地為禁區，傳送之咒無以通達，中途被防護網攔截，轉運至維安總部。」葉珥德解釋，「所幸理事長大人出手相助，歷經波折，繁冗公文往來，此禮今日送達曦舫，理事長大人立即令吾將其交送予汝。」

蜃煬挑眉，困惑不已。

誰會送他聖誕節禮物？

「使命已達。吾去也，不必相送。」葉珥德看了蜃煬一眼，便轉身，瀟灑離去。

葉珥德離開後，蜃煬粗暴地拆開紙箱。

打開盒子，裡頭擺著盆長滿茂密細葉的小盆栽，盆上還黏著眼睛和笑嘴的貼紙，看起來十分可笑。

盆栽上繫著張卡片。他拿下卡片，打開。上頭沒有署名，只寫了簡短的兩行字：

聖誕快樂，這是黃金卷柏，葉子小小的看起來很療癒，放在室內可以清淨空氣喔！祝你每天都開心~

最下方，畫了張愚蠢的笑臉。

蜃煬眉頭皺得更深。

到底是哪個無聊分子——

你不喜歡植物嗎？

腦中忽地閃過一個畫面。

帶著不確定的詢問，從少年略微尷尬的笑容裡吐出。

是他。

封平瀾。

原來，那次他在雅努斯問的那番話，是這個意思……

蜃煬看著那盆黏著貼紙眼睛和笑嘴的植物，眉頭深深皺起。

這是什麼荒謬可笑的東西……

幹嘛送他禮物啊……

他把盆栽推得遠遠的，想要眼不見為淨。

但是那叢翠綠，怎麼樣都出現在視線裡。

蜃煬的眉頭打起了結。

討厭……所以他最討厭凡人……

蜃煬將手伸入魚缸中，掀起套圈圈遊戲機。

畫面再度出現。

封平瀾已到達七樓，和東尉與瓦爾各，只差了一條走道。

一分鐘內，將會碰面。

蜃煬看著畫面上那一臉憨傻狀況外的封平瀾，重重地發出一聲呻吟。

「噢……該死的……」

他一定會後悔。

蜃煬迅速抽出魚缸裡的遊戲機，放到桌面，接著將封平瀾上回留給他的血灑在機檯上，以指頭在屏幕上迅速畫下符紋，同時吟誦咒語。

「過來！」

他朝著遊戲機用力一拍，隨即把遊戲機丟回魚缸。

魚缸裡的影像開始扭曲，投映在地面上的水波聚集，開出了一條通路。

Epilogue

絆住惡念的藤蔓來自無心播下的善種

封平瀾正走在無人的走道上。電梯降到七樓，往來的人頓時少了許多，不僅沒遇到旅客，連工作人員也沒見到。

究竟有什麼祕密呀……

他繼續向前走。

相隔大約十公尺處，東尉與瓦爾各，正從另一個方向前來，眼看兩方人馬即將在轉角處交會。

耶?!

忽地，一股異常的吸力將封平瀾籠罩。

在他還沒意識到發生什麼事之前，整個人被一股冰涼如水的氣流給包裹，旋覆。

不到一秒鐘的時間，他整個人自頭至腳，像陣煙一般，憑空消失在走道上。

就在封平瀾消失的那一瞬間，東尉和瓦爾各正好出現在轉角。

東尉停下腳步，似乎感覺到些許異樣，但又不是那麼確定。

「怎麼了？」

「沒什麼。」他遲疑了片刻，繼續自己的腳步。

一陣天旋地轉，封平瀾覺得自己像是被丟入洗衣機的衣服一樣，頭昏眼花。片刻，眼前再度出現光亮，他感覺到自己不再飄動旋轉。

雙眼昏花不已，他甩了甩頭，閉上眼，想回復視線的焦距。他覺得自己渾身濕透，但是摸了摸身子，卻是乾的。

「那是經過空間通道的感覺。」沒好氣的聲音從旁邊響起。

封平瀾回頭，「蜃煬？」仔細定眼瞧了瞧四周，他發現自己處在雅努斯殯儀館之中。

「你怎麼會——」

「我收到你的禮物了。」蜃煬不耐煩地指了指桌角的盆栽，「然後，我已經回禮了。」

「啊？回禮？」封平瀾傻傻地複誦蜃煬的話。

蜃煬翻白眼，看起來非常懊惱。

真是夠了……

封平瀾站起身，似乎已從暈眩中回神。他看向角落的盆栽，傻笑著開口，「你喜歡嗎？」

「我不喜歡！」蜃煬大聲地回應，看起來像在賭氣，「以後不要再送東西給我了！」

「喔。」封平瀾抓了抓頭，似乎有點不好意思，他張望了四周一陣，讚嘆地開口，「沒想到竟然可以在這麼短的一瞬間來到雅努斯！好厲害喔！」

「哼！」

「那，蜃煬找我來做什麼呀？我剛才已經照你說的到了七樓，可是什麼都沒發現耶。」

「那個不重要啦！」

「喔。」封平瀾抓了抓頭，「原來你可以直接把我帶來這裡呀，我還以為我必須帶著自己的那臺遊戲機才能移動呢！因為你上次說——」

「叭叭叭叭叭！閉嘴，囉唆！我不想聽我不想回答——」蜃煬掩耳盜鈴地摀住耳朵，任性地打斷了封平瀾的問話。「你該回去了，回去找你的同伴吧！」

「怎麼回去？」

蜃煬沒有回答，他起身，抽出魚缸裡的遊戲機，往地面摔碎。

那股潮溼的黏膩感再度將封平瀾包圍。片刻，封平瀾從雅努斯的地下室消失，回到了所來之處。

蜃煬坐回位置，惱火地瞥了盆栽一眼。

他發現，盆栽剛才被他隨手一推，竟然被推到了他那未完成的拼圖上。

壓在了地獄火之中的惡魔上方。

蜃煬挑眉，看了拼圖一眼。

拼圖上，拼了一半的天使垂目，露出了果斷的正義與深沉的慈悲。

……是祢插手了嗎？

蜃煬在心裡暗忖。

他盯著拼圖，沉默了幾秒，接著露出叛逆而抗爭的神色。

不！他才是寫劇本的人！

這一切都在他的掌控之中！

盆栽柔和的翠綠，映入了眼中。

心裡有個角落，隱隱地隨之軟化。

「算了……」蜃煬悻悻然地低語，「就讓這場戲再演久一點吧……」

——《妖怪公館的新房客07》完

高寶書版集團
gobooks.com.tw

輕世代 FW185

妖怪公館的新房客07

作　　者　藍旗左衽
繪　　者　諼
編　　輯　謝夢慈
校　　對　林雨欣
美術編輯　彭裕芳
排　　版　彭立瑋
企　　劃　陳煒翰

發 行 人　朱凱蕾
出　　版　英屬維京群島商高寶國際有限公司臺灣分公司
　　　　　Global Group Holdings, Ltd.
地　　址　臺北市內湖區洲子街88號3樓
網　　址　www.gobooks.com.tw
電　　話　(02) 27992788
電　　郵　readers@gobooks.com.tw（讀者服務部）
　　　　　pr@gobooks.com.tw（公關諮詢部）
傳　　真　出版部　(02) 27990909　行銷部 (02) 27993088
郵政劃撥　50404557
戶　　名　三日月書版股份有限公司
發　　行　三日月書版股份有限公司/Printed in Taiwan
初版日期　2016年 5 月
十二刷日期　2020年10月

國家圖書館出版品預行編目(CIP)資料

妖怪公館的新房客 / 藍旗左衽著.-- 初版. -- 臺
北市：高寶國際, 2016.05-
　冊；　公分. --

ISBN 978-986-361-286-5(第7冊；平裝)

857.7　　　　104012619

三日月書版

三日月書版

GOBOOKS
& SITAK
GROUP©

GOBOOKS & SITAK GROUP©